KB004086

슬레이어즈 10
솔라리아의 모략

"잠옷 차림인
여자가 하는 위협은
무섭지 않다고…?"
"당연하지."
태도가 돌변한 남자에게
나는 다시 협박했다.
"그렇다면…"

갈라진 크리스털 관 안에서,
봉인되어 있던 키메라들이
통로로 잇달아 기어 나오고 있었다!

루크의 검은 단칼에
조드의 옆구리를 깊이 베어냈다!
그러나──!!

10 솔라리아의 모략

HAJIME KANZAKA **칸자카 하지메**

일러스트 | 아라이즈미 루이

번역 | 김영종

목 차

1. 마력검을 찾아서 오늘도 동분서주

정적이….

피폐한 유적에 깃든 어둠을 가득 채웠다.

나와 가우리, 두 사람은 숨을 죽이고 기척을 살폈다.

침묵 속에서 시간이 지나간다.

광량을 억제한 마법의 빛이 머리 위에서 희미하게 일렁였다.

그리고….

기척이 생겨난 것은 긴 것 같기도, 짧은 것 같기도 한 시간이 흐른 뒤였다.

—가우리!

내가 뭐라고 말하기도 전에.

검을 집어 든 가우리가 벽에서 생겨난 기척을 돌아보았다.

"하앗!"

날카로운 기합 소리와 함께 칼날이 번득인다!

그 일격은 바람을 가르는 소리와 함께 벽에서 튀어나온… 한 마리의 고스트(악령)를 베었다.

끼이이이이이이이익!

머릿속에 지끈거리는 절규를 남기고 안개와 비슷한 흰 물체는 어둠 속으로 흩어졌다.

"해치운… 건가…?"

자세를 무너뜨리지 않고 묻는 가우리에게 나는 고개를 끄덕였다.

"정말 해치웠단 말이지?!"

기쁜 듯 그렇게 말하며 가우리는 들고 있던 검을 하늘 높이 치켜들었다.

으음…, 고작 고스트를 해치운 정도로 그렇게까지 흥분할 건 없다고 생각하는데….

난리법석을 떠는 가우리를 흘겨보며 나는 어떻게 반응해야 좋을지 난감해했다….

"그러니까… 고스트 한 마리 해치운 정도로 만족하면 어떡하냐고."

가볍게 임무를 하나 완수한 후.

어느 작은 마을의 음식점에서 저녁 식사를 하면서 나는 작게 중얼거렸다.

"하지만 지금까지 썼던 검으론 고스트도 베지 못했으니까…. 그렇게 생각하면 꽤 대단한 것 같다는 생각이 드는데, 난."

생선 튀김을 우적우적 씹으면서 느긋한 어조로 말하는 가우리에게 나는 무거운 한숨을 한 번 쉬고 말했다.

"저기 말야…,

그전에는 빛의 검을 가지고 있었다는 걸 설마 잊은 건 아니겠지?!"

"음…, 그야 뭐, 기억하고 있지만…."

내 물음에 가우리는 건성으로 맞장구를 쳤다.

원 참….

빛의 검.

숱한 전설적인 마력검 중에서도 최고급의 지명도를 자랑하는 마력검. 음유 시인의 전승가 속에서도 그 이름이 나올 정도이니까 마법사가 아니더라도 그 이름을 아는 자는 많을 것이다.

사실 그 전설의 검을 가지고 있었던 사람이 다름 아닌 이 가우리였다.

그러나 이런저런 여러 가지 일들이 있어서 빛의 검을 잃어버리게 되었고, 나와 가우리는 그 검을 대신할 만한 마력검을 찾아 이렇게 이곳저곳을 함께 여행하고 있다.

굳이 마력검이 아니더라도 괜찮지 않느냐고 생각하는 사람은 너무 세상을 만만하게 보는 것이다.

이 세상에는 보통 검으로는 어떻게 할 수 없는 녀석들이 있다.

약한 녀석이라면 고스트급, 강한 녀석이라면 순마족. 고스트 정도가 상대라면 가우리는 구경만 하고 내가 공격 주문으로 날려버릴 수도 있겠지만, 상대가 마족쯤 되면 그럴 수도 없다.

실제로 얼마 전에 어떤 사건으로 마족과 상대한 적이 있었는데,

평범한 검밖에 없는 가우리의 그 쓸모없는 꼴이라니.

그런 이유로 속이 상한 나는 이번에 어느 마을에 있던 마법 도구점에서 싸구려 마력검을 사서 가우리에게 주었다.

폐허에 살고 있는 고스트 퇴치 같은 시시한 일감을 쪼잔한 보수임에도 받아들인 것 역시, 솔직히 말하면 이 검을 시험해보기 위해서라는 의미가 강했다.

"저기, 가우리, 잘 들어."

나는 들고 있던 포크를 무의미하게 살랑살랑 흔들면서 말했다.

"확실히 그 검이라면 고스트 정도는 벨 수 있어.

하지만 기껏해야 보통 검을 은으로 도금하고 탤리스먼(보석 주부)을 단 것뿐이라고.

고스트를 두 동강 내는 정도는 가능해도, 마법사가 쏜 불꽃 화살을 튕겨 내거나 순마족을 벨 순 없어.

그리고…

당연한 말이지만 이상한 힘을 불어넣으면 부러지고 말지."

"흐음."

가우리는 나이프와 포크를 놀리던 손길을 멈추고 테이블에 기대어둔 검을 물끄러미 바라보더니 작게 한 마디 중얼거렸다.

"싸구려구나…."

"미안하구나! 싸구려라서!

누가 그 돈을 냈다고 생각해?! 그 검!!

그야 뭐, 마력검 중에선 분명 싸구려지만….

그래도 이 검 한 자루 살 돈이면 보통 검 열 자루는 살 수 있는 금액이라고!"

"헤에, 비싸네."

"그래!

…어쨌거나 그렇게 알고 조심해서 사용해.

기본적으로 평범한 검과 다를 바 없다는 생각으로 쓰라고.

알았지?"

"우웅…."

난처한 표정으로 머리를 긁적이며 신음하는 가우리.

"말해두는데… '듣지 못했다'든지, '듣고 나서 잊어버렸다'고 지껄이면 앞뒤 안 가리고 때려눕힐 거야."

"아, 물론 똑똑히 들었고 분명히 기억하고 있어.

마법과 마족은 벨 수 없다, 잘못 쓰면 부러진다, 이거지?"

오오?! 드물게도 가우리가 내 말을 알아들었다!

"그런데 왜 신음하는 거야?"

"아니, 그게….

이야기는 알겠는데 실제로 쓸 때도 그 말을 기억할 수 있을지 어떨지 의문이라서 말이지."

"의문이고 자시고가 어디 있어! 이 정도도 기억 못 해?!"

나는 눈앞에 있는 통닭에 포크를 쿡! 꽂으며 외쳤다.

그러곤 그걸 그대로 한입 물고 삼킨 다음 말했다.

"더 좋은 검이 발견될 때까지 써야 하는 물건이니까

소중하게 사용하도록 해! 알았지?"

"으… 응…."

내 기세에 압도되었는지 가우리는 새우튀김을 꽂은 포크를 든 채 고개를 끄덕였다.

잔소리가 많다고 하지 말기를. 여하튼 가격이 가격 아닌가. 중고로 헐값에 내다 판다 해도 마력검이라는 형태로 파는 것과 탤리스먼만 떼어내서 파는 것은 상당한 금액 차이가 난다.

"하지만 리나, 정말 그런 '굉장한 마력검'을 찾을 수 있기는 한 걸까? 지난 한두 달 동안 내내 찾아봤지만 소문은 있어도 단순한 뜬소문이거나 가짜뿐이었는데…."

"물론 그렇게 쉽게 발견되는 건 아니겠지만 언젠가는 분명 발견될 거야.

난 그렇게 믿고 있어.

가능성은 언제나 남아 있는 법이라고."

전에 골든 드래곤의 장로가 했던 말을 중얼거리고 나는 뜨거운 홍차를 한입 머금었다.

쿵.

그날 밤.

내가 여관에서 한밤중에 눈을 뜬 것은 그 소리 때문이었다.

음…?

침대에 누운 상태에서 얼마나 귀를 기울였을까.

들리는 것은 창 밖에서 불어치는 바람 소리. 어딘가에서 울고 있는 벌레 소리.

기분 탓인가…?

생각한 그 순간.

쿵. 탁.

이번엔 뚜렷하게 옆방… 가우리가 묵고 있는 방에서 소리가 들려왔다.

침대에서 굴러 떨어진 소리는 아니다. 굳이 예를 들자면 누군가가 싸우는 듯한….

벌떡!

나는 말없이 이불을 박차고 나와 쇼트 소드만을 집어 들고 잠옷 차림으로 방을 뛰쳐나갔다.

가우리의 방문 앞에서 자세를 취했다.

"가우리?! 무슨 일이야?!"

"아, 리나. 손님이 좀 와서 말야."

내 물음에 돌아온 대답은 여느 때와 마찬가지로 느긋한 가우리의 목소리였다.

손님…?

"들어와. 열려 있으니까."

"……?"

그 말대로 나는 방문을 열었다.

그리 넓지 않은 방 안은 어둑한 오렌지색 등불로 부옇게 밝혀져 있었다.

그리고 짐승 기름이 탈 때 나는 독특한 냄새.

방 안에는 가우리와… 그리고 또 한 사람. 낯선 남자가 정신을 잃고 쓰러져 있었다.

"여, 리나."

가우리는 한 손을 들고 가벼운 어조로 인사를 했다.

"이 녀석은…?"

나는 칼집에 들어 있는 검 끝으로 쓰러진 남자의 얼굴을 쿡쿡 찌르며 물었다.

"혹시 도둑이야?"

"오, 잘 아는구나."

"이 녀석의 얼굴과 상황을 보면 그 정도는 알 수 있어."

나는 남자의 옷을 뒤져 발견한 밧줄로, 남자의 손을 뒤쪽으로 묶으며 말했다.

…도둑질할 상대를 묶을 생각으로 가져온 것이겠지만 가우리를 표적으로 삼은 것이 불운이었다.

짐승 수준의 예리한 감각을 자랑하는 그를 상대로, 기척을 드러내지 않고 물건을 훔치기란 어지간한 도둑에겐 불가능한 일이다.

"이제 그만 일어나! 에잇…!"

"우… 욱…."

내가 쿡쿡 찔러 깨우자 남자는 작게 신음하며 눈을 떴다.

"어…?! 제기랄…!"

자신이 처한 상황을 깨닫고 남자는 별안간 몸부림치기 시작했지만 물론 그런다고 해서 꽁꽁 묶은 밧줄이 풀릴 리는 만무.

"그만두는 게 좋아. 날뛰어봤자 힘만 빠지니까."

"큭…!"

내 말에 남자는 날카롭게 이쪽을 노려보고 움직임을 멈추었다.

"자, 그럼… 한번 들어볼까? 대체 무슨 생각으로 이 방에 들어왔는지."

"……."

내 물음에 남자는 그저 아무 말 없이 딴전을 피울 뿐이었다.

굳이 그런 질문을 할 것 없이 냉큼 관아에 넘겨버리면 되지 않느냐… 는 것은 아마추어의 사고방식.

마을에서 이런 도둑질을 하는 녀석들의 배후에는 대개 장물의 매매 조직이 있기 마련이다.

그 아지트를 캐물어서 덮치면 말 그대로 일석이삼조는 간단히 이룰 수 있다.

"말할 생각이 없다면… 우리로서도 생각이 있어."

나는 칼집에 꽂혀 있는 쇼트 소드를 남자에게 척 들이밀며 말했다.

그러나 남자는 당황하지 않고 지껄였다.

"흥…, 잠옷 차림의 여자애가 위협한다고 겁을 먹으면 남자 체면이 어떻게 되겠어?"

오….

그러고 보니 아직 잠옷 차림이었다.

확실히 이래선 아무리 위협을 한다 해도 별로 박력이 없지.

좋아! 그렇다면!

"호오…, 잠옷 차림인 여자가 하는 위협은 무섭지 않다고…?"

"당연하지."

"그렇다면….'

나는 옆에 있는 가우리를 척! 가리키고 말했다.

"잠옷 차림인 남자의 협박은 어때?!"

"히이이이이이이이익!"

역시나 그런 공격은 싫었는지 남자는 질겁하는 듯한 비명을 질렀다.

옆에서 가우리가 무슨 말인가 하고 싶은 듯한 표정으로 얼굴을 경련시키고 있었지만 일단은 무시.

"호… 혹시… 거기 있는 녀석은….'

남자는 공포의 기색이 어린 시선을 가우리 쪽으로 힐끔 돌리고 물었다.

"그런 취미가 있는 녀석이냐?!"

"그래."

남자의 물음에 나는 주저 없이 딱 잘라 대답했다.

"이봐….'

가우리가 뒤에서 항의하는 소리를 냈지만 물론 이것 역시 무시.

"아…, 알았어! 이야기할게! 이야기할 테니까! 그것만은 봐줘!"

내 협박에 남자는 반쯤 울먹이며 다급히 말했다.

혹시… 안 좋은 추억이라도 있는 건가…? 그런 일에….

이 녀석의 과거는 접어두더라도 어찌 됐든 이걸로 이야기는 해줄 것 같다.

"그럼 먼저 이것부터. 어째서 이곳을 노린 거지?

말해두지만 우연이라느니 하는 시시한 변명을 늘어놓는다면… 알지?"

"히이이이익! 알고 있습니다. 알고 있어요!"

내 말에 남자는 다시 공포의 시선을 한순간 가우리에게 돌렸다.

"드… 들었어, 식당에서….

너희들이 이야기했잖아? 마력검을 가지고 있다고.

훔치면 꽤 짭짤할 것 같아서…."

"그래?

그렇다면 넌 훔친 검을 그럭저럭 좋은 값에 사주는 상대를 알고 있다는 말이겠네?"

"뭐… 아주 없다고 할 수는 없지만…."

내 물음에 남자는 모호하게 대답했다.

"그래서? 그곳이 어디지?"

"……."

남자는 잠시 침묵을 지켰다.

"말해도… 되긴 하지만….

그 대신, 부탁이 있는데 들어줄 수 있어?"

"부탁?"

"말하면 난 동료를 파는 셈이 되고 말아. 그렇게 되면 더 이상 이 세계에는 있을 수 없어. 아니, 잘못하면 정말로 살해당할지도 모르지.

내가 붙잡힌 다음에 그곳 위치가 노출된다면 내가 누설했다는 게 뻔하니까.

그러니 말야, 말하는 조건으로 나를 관아에 넘기지 않았으면 좋겠는데, 어때?"

"못 본 척하라는 말이야?"

"뭐…, 쉽게 말하면 그런 뜻이지만….

아, 맞다! 여기서 날 풀어주면 내가 가지고 있는 돈 다 줄게!"

내 안색을 살피면서 남자는 매우 구차하게 사정하고 나섰다.

으음…, 풀어달라는 말을 고분고분 들어줄 생각은 없지만 여기서 딱 잘라 거절하면 절대로 말하지 않겠다고 버틸 테니 성가실 것 같고….

―좋아!

"알았어. 생각해볼게."

"정말?!"

"이봐!"

가우리의 항의는 역시 무시하고.

"그래서? 누구지?"

나는 남자에게 뒷말을 독촉했다.

"실은 내 지인 중에 돈이 없어서 고생하는 녀석이 있었는데

그 녀석이 얼마 전에 무슨 바람이 불었는지 우리에게 술을 사준다고 하더라고.

무슨 일이 있었느냐고 물었더니 우연한 일로 손에 넣은 마력검을 어느 곳에 팔았더니 짭짤했다고⋯."

"어느 곳?!"

"음⋯

이곳에서 서쪽으로 조금 간 곳에 솔라리아라는 마을이 있는 건 알지?"

"물론, 이 근처에선 꽤 큰 마을이니까."

그리 자세히 알지는 못하지만 이름 정도는 들은 적이 있다.

"꽤 큰 성채 도시인데, 마을 중심에 있는 게 이 일대를 다스리는 영주 랑그마이어의 성이야."

"이야기가 좀 길어질 것 같은데⋯."

"아니, 아니, 금방 끝나."

내 지적에 남자는 설레설레 손을 휘저었다.

"여하튼 그 영주 랑그마이어라는 소리야, 마력검을 비싼 값에 사주는 녀석은."

"영주 자신이?"

"그렇다더군, 그 녀석 말에 따르면.

어때? 긴 이야기가 아니지?"

흐음⋯.

물론 실제로 있기는 하다, 그런 경우가.

마력검을 수집할 수 있는 건 상당한 재력이 있는 사람이거나 도둑 정도뿐이다.

특히 영주나 장군 같은 권력을 가진 녀석이 이런 취미를 갖는 경우가 꽤 많다.

하지만 그게 사실이라도 아지트를 덮쳐서 검을 **빼앗는** 수법은 쓸 수 없다. 잘못하면 우리만 범죄자가 될 게 **뻔**하니까.

그렇다면….

"저기… 알았으면 얼른 이 밧줄 좀 풀어줘!"

남자의 말에 나는 팔짱을 끼고 작게 고개를 갸웃거리다가 말했다.

"으음…, 만약 놔주면 다른 사람이 피해를 입을지도 모르고, 다시 우리들을 노릴지도 모르니…

역시 관아에 넘길래."

"자… 잠깐?!"

내 말에 남자는 얼굴을 붉게 물들였다.

"이야기가 다르잖아! 놓아준다고 약속했으면서!"

"이야기를 잘 들었어야지."

나는 오른손 검지를 쯧쯧쯧 세 번 흔들었다.

"생각해본다고 했어, 난.

그리고 생각해본 결과, 역시 관아에 넘기는 게 좋다는 결론이 나온 거지."

"너, 이 녀석! 날 속였구나!"

"그러니까, 속인 게 아니라니깐♡"

싱긋 미소 지으며 말하는 나.

"이 마귀! 악마! 사기꾼!"

욕설을 늘어놓는 남자에게 나는 차가운 시선을 돌리고 말했다.

"아무래도 좋지만… 어린애도 안 하는 그런 욕으론 난 눈 하나 까딱 안 해.

그저 네가 멍청하다는 것만 드러낼 뿐이지."

"뭐… 뭐라고?!

그럼…!

꼬맹이! 절구통! 절벽 가슴!"

으드드드드득!

바… 방금 그 말은… 쬐끔 열받네….

하지만 여기서 남자를 때려눕히면 '말싸움에서 이겼다'고 생각할 여지를 줄 뿐이다.

일단은 참는 게 제일. 여기서 가볍게 받아넘기면 남자는 더욱 분하게 여길 거다.

무심코 파이어 볼 주문을 외우고 싶어지는 것을 꾹 참았다.

"투지를 불사른 것치곤 시시한 욕이구나."

"으…! 큭…!"

차갑게 쏘아붙이는 내 말에 남자는 얼굴을 새빨갛게 물들이고 침묵했다.

─훗, 이겼다.

내심 미소를 지은 그때.

"훗….."

그러나 남자는 어색한 미소를 지었다.

"좋아, 심한 욕을 듣고 싶다면 들려주지. 친구에게 이 욕을 하다 절교당한 이래, 쓰지 않았던 사상 최악의 욕을 말야."

"호, 재미있겠네. 한번 해봐."

"너 같은 건…."

거만하게 내려다보는 나를 빤히 쳐다보며 남자는 딱 잘라 말했다.

"이 리나 인버스보다 못한 녀석!"

우직.

"무어라고오오오?! 그게 무슨 의미야?!"

"우하하하하하하! 역시 화를 내는구나!"

"우와아아앗! 진정해! 드래곤 슬레이브는 안 돼!"

나와 가우리, 그리고 도둑, 세 사람의 목소리가 여관에 울려 퍼졌다.

"우웅…, 역시 별로 돈은 안 됐구나."

작은 가죽 주머니의 내용물을 확인하고 나는 우울하게 중얼거렸다.

어젯밤 들어온 도둑을 관아에 넘기고 받은 금일봉이다.

그 도둑은 여기저기에서 도둑질을 일삼은 상습범이었던 모양인데 그래봤자 보상금은 고작 은화 다섯 개.

뭐… 상대가 특별히 흉악범도 아니고… 원래부터 관아가 그런 곳이라는 사실은 알고 있었지만… 그래도… 은화 다섯 개라니….

"역시 도적을 소탕하고 직접 아지트에서 보물을 챙기는 쪽이 벌이가 좋아…."

마을의 거리를 지나가면서 나는 중얼거렸다.

"하지만 아무런 보상도 없는 것보다는 낫잖아."

"그야 뭐… 그렇지만….

좋아!

역시 솔라리아 시티까지 가서 뭐시기인가 하는 영주한테서 마력검 두세 자루를 강탈할 수밖에 없겠어!"

"자… 잠깐! 리나!"

결의를 굳히고 말하는 나를 가우리가 옆에서 제지하고 나섰다.

"왜 그래?!"

"왜냐니…. 그것만은 그만둬! 생각을 고쳐먹으라고!

잘 들어! 여하튼 상대는 영주야! 그런 녀석을 마법으로 날려버리고 보물을 강탈한다면 우리들은 영락없는 범죄자가 되고 말아!"

후우우우우우….

가우리의 말에 나는 지친 듯한 한숨을 한 번 쉬었다.

"너 말야…, 내가 그런 무모한 짓을 할 것 같아?"

"네가 무모한 짓을 안 한 적이 있었…

아니, 관두자. 내가 잘못했어. 이야기나 계속해봐."

내 시선에 섞여 있는 노기를 눈치챘는지 다급하게 설레설레 손을 휘젓는 가우리.

"나도 그런 일로 범죄자가 되기는 싫어.

여기선 일단 민주적으로 '장물 매매 사실이 국왕에게 통보되고 싶지 않다면 마력검을 내놓아라!' 하는 내용의 교섭을 벌일 생각이야!"

"민주적이라고 할 수 있어…? 그걸…?"

"내 고향에선 그랬어!"

"네 고향은 대체…."

"고향 이야기는 접어두고.

물론 그 도둑이 멋대로 꾸민 이야기일 수도 있으니까 일단 뒷조사부터 하고 나서 움직여야지.

여하튼 가보자!

솔라리아 시티로!"

빠르게 성장하는 마을일수록 활기와… 그에 비례해서 폐해가 생겨나기 마련이다.

이곳… 솔라리아 시티 역시 그런 폐해를 지니고 있었다.

치안이 엉망이라는 뜻은 아니다. 말 그대로 솔라리아 시티는 급속 성장의 폐해를 눈으로 보여주고 있었다.

마을 전체가 성벽으로 둘러싸인 구조로 되어 있는 성채 도시는 결코 드물지 않은데 이곳 역시 그런 식의 마을이었다.

그러나….

마을이 커지고 주민들이 늘어나면 마을을 둘러싼 성벽 안에 주택과 시설이 다 들어가지 못하는데, 그렇게 되면 당연히 그것들은 성 밖에 지어진다. 그리고 그것들을 감싸는 형태로 다시 벽을 쌓고, 그곳이 꽉 차면 다시 같은 일의 반복.

그 결과.

솔라리아 시티는 여기저기 불규칙하게 쌓인 벽에 의해 여러 구획으로 나뉘고 말았다.

익숙지 않은 사람에게 있어선 더할 나위 없이 이동하기 어렵다.

가령 성의 첨탑을 향해 걷고 있으면 별안간 눈앞에 나타난 벽이 앞길을 가로막는다.

벽을 따라가면서 길을 발견해야 하는데 어느 것이 최단 지름길인지는 알 수 없다. 잘못하면 전혀 관계가 없는 구획을 오락가락해야 하는 수고를 해야 한다.

—뭐, 그런 이유로.

나와 가우리는 마을 안에서 헤매고 있었다.

"저기… 방금 지나친 여관 말야…."

"왜…?"

해가 기울기 시작한 마을의 도로를 걸으면서 나는 가우리의 물음에 퉁명스럽게 대답했다.

"아까도 같은 이름의 여관 앞을 지난 것 같다는 느낌이 드는데
…."

"지났어."

"……."

내 말에 가우리는 잠시 무언가 생각에 잠겼다.

"체인점인가?"

"길을 잃은 것뿐이야! 우리들이! 완전히!"

"오, 그렇구나."

가우리는 납득했다는 표정으로 손을 탁 쳤다.

"그럼 설명이 되지."

"그, 그래…."

더 이상 대화를 나눌 기력도 없어서 나는 지친 어조로 중얼거렸
다.

마을에 도착한 것은 점심때도 꽤 지난 무렵. 제일 먼저 눈에 뜨
인 식당에서 가볍게 오후 간식을 먹고 나서, 일단 성 근처에 여관
을 잡기 위해 마을을 돌아다녔는데….

도달하지 못했다. 성 근처까지.

"하지만 리나, 이럴 줄 알았으면 처음 그 식당에서 길을 물을 걸
그랬지?"

"그렇긴 해. 하지만 설마 이 마을이 이렇게 복잡한 구조일 줄은
몰랐으니…."

정처 없이 걸음을 떼어놓으며 나는 힘없이 중얼거렸다.

늘어선 집들에서는 저녁 준비를 하는 냄새가 풍겨왔다.

푹 삶은 야채 냄새. 저녁은 아마 스튜겠지. 옆집에서는 기름진 생선을 굽는 냄새. 고기를 굽는 구수한 냄새를 내는 집도 있다.

배고파….

나는 발길을 멈추고 무거운 한숨을 한 번 쉰 다음 말했다.

"일단 오늘 밤은 적당히 아무 여관이나 잡고 내일부터 본격적으로 움직이자…."

"그래. 그게 좋겠다. 응."

아무 생각도 없다는 어조로 그렇게 말하고 가우리는 고개를 끄덕였다.

하늘은 이미 짙은 남색으로 물들어 있었다.

"와, 뭔지는 모르지만 큰 건물이 참 많네."

나는 성이 있는 구획을 걷다가 주위를 둘러보고 말했다.

헤맨 끝에 적당한 여관에서 하룻밤 묵은 다음 날.

나와 가우리는 여관 아저씨에게 길을 묻고 다시 마을로 나섰다.

마을 중심에 있는 영주 랑그마이어의 성은 규모만 보자면 크지도, 작지도 않은 수준.

밝은 회색 돌을 쌓아 만든 성의 구조도 그리 특색 있는 것이 아니었고, 장식 역시 화려하지도 소박하지도 않았다. 특별히 좋지도 나쁘지도 않다고 해야 할까?

한마디로 평하자면 '평범한 성'인 셈이다.

그러나….

특이한 것은 성 주위에 존재하는 시설들이었다.

마을이 커짐에 따라 중심부에는 관청이나 신전 같은 것이 늘고 평범한 주택은 적어지는 법인데 최근 이 일대에 조성된 여러 시설들은 조금 수상쩍었다.

언뜻 보기엔 단순한 관청이나 신전 같기도 했지만 무슨 까닭인지 부지에는 울타리가 쳐져 있었고 계속 병사가 보초를 서면서 일반인의 출입을 적당한 명목으로 거부하고 있었다.

여관 아저씨의 말에 따르면 그러한 건물들이 최근 여럿 세워졌다고 한다.

"하지만 리나, 이렇게 여기저기 돌아다닌다고 뭘 알 수 있어?"

"보는 것만으론 알 수 없지."

"이봐…."

걷는 데에 싫증이 났는지 가우리가 내게 물어왔다.

"하지만 이것저것 상상할 수 있다는 것만은 분명해."

"상상?"

"지금까지 돌아본 곳에도 여관 아저씨가 말한 '평범한 척하지만 평범하지 않은 시설'이 여럿 있다는 것, 눈치챘어?

울타리로 둘러싸여 있고 입구에 병사들이 서 있었는데."

"오, 그리고 보니 여기저기 날카로운 기운을 뿜어대는 녀석들이 있었군."

"그렇지?!

아마 모두 군사 시설일 거야."

"군…?!"

"쉿! 큰 소리 내지 마!

어디에서 누가 들을지 모르니까."

"하, 하지만… 대체 어떻게 된 일이지?"

"최근 비밀리에 잇달아 완성되는 군사 시설. 그리고 마력검을 싹쓸이하고 있다는 소문….

단순히 생각하면 도출할 수 있는 대답은 반란뿐이야."

"……!"

내 말에 가우리는 할 말을 잃었다.

"쉽게 말해 전쟁 준비인 셈인데. 일개 지방 영주가 별안간 다른 나라로 쳐들어가진 않을 테고, 그렇다면 먼저 싸울 상대는 자신의 위에 있는 자… 다시 말해 국왕이 아닐까 하는 거지."

"그렇구나…. 그래서 '반란'이라고…."

"물론 다른 가능성도 생각할 수 있어. 무기를 개발하고 제조해서 그 기술과 물건을 다른 나라로 팔아치운다거나."

"하… 하지만….

그렇다면 네가 말한 검 강탈 계획은… 좀 위험하지 않아?"

"그건 그래…."

반란을 일으키려는 녀석에게 '장물 매매 사실이 국왕에게 통보되고 싶지 않다면…'이라고 말하는 것은 '이 자리에서 제 입을 봉해주세요'라고 말하는 것과 진배없다.

뭐, 그렇다고 얌전히 당할 나와 가우리는 아니지만 쓸데없이 성가신 일을 벌일 필요는 없으리라.

"그렇다면 거꾸로… 반란의 증거를 확보해서 국왕에게 일러바치고 답례로 마력검을 받는 게 최선의 방법이겠지!"

"무얼 하든… 방식이 지저분하구나…, 너…."

"무슨 소리야?! 반란이 일어나면 상관없는 사람도 다치거나 죽는다고!

그걸 막아내고 답례를 받는 거니까 아무런 문제도 없잖아!

아니면…

반란이 일어날 가능성이 있다는 걸 알면서도 모른 척하는 게 좋아?"

"윽…. 아니, 그건…."

"그렇지?

그렇다면 역시 쇠뿔도 단김에 빼라고,

오늘 밤 시설에 잠입해서 증거를 수집하자!"

밤거리를 지배하는 것은 그저 바람 소리뿐이었다.

근처에 술집이라도 있다면 술렁임 정도는 들려오겠지만 이곳 마을 중심부 근처에는 아무래도 그런 것은 없는 모양이다.

라이팅 술법이 걸려 있는 가로등이 여기저기에서 드문드문 약한 빛을 뿌리고는 있지만 압도적인 어둠을 감당할 수는 없는 것 같다.

하늘에 걸려 있는 반달이 구름 사이로 숨자 가로등 옆을 제외한 모든 것이 어둠에 휩싸였다.

그 어둠에 섞여….

나와 가우리는 밤길을 달리며 낮에 미리 봐두었던 시설 쪽으로 접근했다.

물론 상대에게 발각될 때를 대비해서 검은 마스크와 터번으로 얼굴을 가리고, 복장도 여느 때와는 다른 어두운 색깔로 택했다.

목표는 낮에 보았을 때 가장 경계가 엄중해 보이던 곳.

건물 자체는 언뜻 신전 비슷한 구조로 보였지만 주위를 둘러싼 높은 벽과 이 시간이 되어도 여전히 문 앞에 서 있는 경비병들이 실상은 다르다는 것을 말해주고 있었다.

이곳에 눈독을 들인 이유는 단 한 가지, 가장 경비가 엄중해 보였기 때문이다.

경비가 엄중하다는 말은 다시 말해 그곳이 그만큼 중요하다는 소리이다.

경비가 허술한 곳을 노려서 들어가는 게 쉽기는 하지만, 증거가 없다면 이야기가 되지 않는다.

"레비테이션[浮遊]…!"

소리를 죽이고 주문을 외운 나는 가우리와 함께 어두운 하늘로 떠올랐다.

"우와… 경비병이 꽤 많네…."

내 목덜미에 매달린 채 작은 소리로 중얼거리는 가우리.

확실히 이렇게 위에서 보니 알 수 있었다.

벽으로 둘러싸인 부지 안에 돔 모양 지붕을 얹은 신전풍의 건물. 그리고 그 주위에 여기저기 심어놓은 정원수.

하지만… 정원수 그늘에서, 혹은 정원 돌기둥 그늘에서 경비병들 여럿이 빈틈없이 주위를 둘러보고 있었다.

"리나, 경비가 이렇게 삼엄하니 잘못 내려가면 금방 발각당하겠어."

"그건 그렇지만

잘못 내려가지 않으면 문제없어.

접근할 테니까 잠깐 입을 다물어봐."

나는 술법을 제어해서 건물 위까지 간 다음 천천히 지붕 한복판에 내려섰다.

경비병들의 주의는 오로지 바깥쪽에 집중되어 있다.

레비테이션으로 일단 높은 곳으로 올라가서 위쪽에서 진입한다. 이 방법이라면 대개의 경우, 발각될 우려는 적다.

나는 가방에서 가느다란 밧줄을 꺼내 지붕 꼭대기에 있는 대리석 상에 묶고 그것을 이용해서 지붕을 미끄러져 내려갔다.

밧줄은 마력으로 강화되어 있어서, 보기에는 가늘지만 아담한 드래곤 정도라면 매달릴 수 있을 정도로 튼튼하다.

지붕 끝에 도달해서 경비병들의 눈이 없는 것을 확인하고 밧줄을 잡은 상태에서 아래쪽을 엿본다.

좌우로 시선을 돌리다가 나는 조금 떨어진 곳에 있는 작은 문 같은 것을 발견했다.

가우리에게 눈으로 신호하고 밧줄을 잡은 채 장소를 이동해서 문 위에 도달.

근처에 있는 경비병들의 순찰 방식을 관찰한 다음….

―좋아! 지금이다!

틈을 보아 땅에 척! 내려서서 문 열쇠를 살펴본다.

보통 열쇠는 아니다. 아마 이건 록[封錠] 마법으로 문을 열지 못하게 해놓은 것이리라.

나는 작은 소리로 주문을 외운 다음 오른손 검지를 문손잡이에 대고 말했다.

"언록[封除]."

최근에 배운 잠금 해제 술법을 사용했다.

끼익….

무언가 삐걱거리는 작은 소리.

문이 열린 모양이다.

내 눈짓에 가우리도 지붕 위에서 내려왔다. 틈을 주지 않고 두 사람은 문을 통과해서 건물 안으로 파고들었다.

"어둡네…."

옆에 있는 가우리에게만 들리는 목소리로 나는 작게 중얼거렸다. 밖이라면 달이 구름 사이로 숨어도 희미한 별빛이나마 있겠지만 이곳 안쪽에는 등불 하나 달려 있지 않았다.

거의 완전한 어둠이라 해도 좋을 것이다.

다만 분위기랄까, 공기의 흐름으로 꽤 넓은 공간이라는 것만은 알 수 있었다.

나와 가우리 외에 사람의 기척은 전혀 없었다.

"왠지… 썰렁한 곳이군."

"보여? 가우리. 이렇게 어두운데."

"뭐, 조금 정도라면."

아, 참. 이 녀석은 눈도 이상하리만치 좋았지.

그런 대화를 나누고 있는 사이에 내 눈도 조금씩 어둠에 익숙해졌다.

아무래도 지붕 한구석에 있는 스테인드글라스를 통해 달빛인지 별빛인지가 희미하게 새어드는 모양이다.

일단 알 수 있었던 것은 역시 이곳은 내가 받은 인상대로 꽤 넓은 공간이라는 것.

그리고 규칙적으로 바닥에 죽 늘어서 있는 그림자.

"그냥 평범한 의자야, 이거…."

가까운 곳에 있는 그림자 하나를 가리키며 말하는 가우리.

접근해서 만져보니 그 말대로였다.

바닥에 늘어서 있는 무수한 그림자는 예배당 등에서 흔히 볼 수 있는 나무 의자였다.

"……?"

발소리를 죽이고 잠시 안을 돌아다녀보았지만 결국 알 수 있었던 것은 이곳의 구조가 평범한 예배당과 그리 다를 바 없다는 사실이었다.

"평범한 예배당이잖아…."

"이곳 자체는 그렇겠지.

하지만 부지 주위에는 담이 둘러쳐져 있고 경비병이 수십 명씩 동원되었으며 문도 마법으로 봉인되어 있는데….

이곳이 정말로 평범한 예배당이라면 그렇게까지 삼엄한 경비를 할 거라 생각해?"

"예민한 녀석이라면…."

"그럴 리 없잖아. 경비에 비용이 얼마나 많이 들어가는데."

"그럼 대체 어떻게 된 일이지?"

"진짜 시설은 아마 이곳 지하 어딘가에 있을 거야.

우리처럼 누군가가 이곳으로 진입하더라도 단순한 예배당으로 착각하게 만들 수 있고,

또 만약 예배당이 위장이라는 것을 간파하더라도 이렇게나 넓으면 어딘가에 있을 숨겨진 문이나 개폐 스위치를 찾는 것은 무리야."

가령 무수히 늘어선 긴 의자 중 하나의 팔걸이나 다리가 스위치일지도 모른다.

밝은 곳에서 시간을 들여 찾는다면 몰라도 이런 상황에서 그런 걸 발견하기란 불가능하다.

─그렇게 이것저것 생각에 잠겨 있을 때.

꾸욱!

—어?!

가우리가 갑자기 내 한쪽 손을 잡아당겼다.

동시에.

부웅!

별안간 어둠에서 생겨난 빛이 내 머리 바로 옆을 스쳐 지나갔다!

빛은 그대로 어둠을 가르고 날아가서 바닥에 부딪혀 산산이 흩어졌다.

"생쥐치곤 꽤 감이 좋군…."

어디선가 들려오는 낮고 쉰 남자 목소리.

"너도 꽤 대단해. 전혀 기척을 느끼지 못했거든."

말하는 가우리의 시선 쪽으로 눈길을 돌리자 그곳에는 어슴푸레 달빛이 스며드는 스테인드글라스….

—아니다.

자세히 보니 스테인드글라스 바로 앞에 부연 그림자 하나,

공중에 한 사람이 떠 있었다.

그렇게 생각한 것도 한순간, 그림자는 똑바로 낙하해서 엉겨 있는 어둠과 동화되었다.

"온다!"

"나도 알아!"

가우리와 나는 검을 뽑고 자세를 취했다.

동시에….

시야 한구석에서 무언가가 움직인 것 같다는 느낌이 들었다.

쉬익!

즉시 몸을 튼 내 바로 옆을 무언가가 스쳐 지나갔다.

아마 나이프 같은 것을 집어 던진 거겠지.

이대로라면 이쪽이 단연 불리하다. 상대는 어둠이 별 문제가 되지 않는 모양인데 적어도 나에게는 꽤 불리한 조건이다.

―그렇다면.

나는 속으로 주문을 외웠다.

"라이팅!"

광량을 억제한 마법의 빛을 만들어내서 머리 위로 띄웠다.

그리 밝지는 않지만 어둠에 익숙한 눈에는 충분할 빛이 공간을 가득 채웠다.

침입이 들통 난 이상, 불을 안 켜고 버티는 건 무의미한 일이다. 오히려 이렇게 하면 우리 측의 시야 확보와 상대의 눈가림, 두 가지 의미를 가지게 된다.

빛에 비친 것은 죽 늘어선 긴 나무 의자와 흰 벽 그리고… 검은 그림자 하나.

"?!"

낯익은 모습이었다.

얼굴이 아니라 그 복장이.

상대는 얼굴과 전신을 검은 천으로 완전히 가린 채, 그저 두 눈만을 천 틈으로 노출하고 있었다.

전형적인 암살자 스타일과는 어딘지 분위기가 다르다.

—일전에 나와 가우리는 베젤드 마을에서 검 한 자루를 놓고 정체불명의 무리와 대립한 적이 있었다.

그때 그 녀석들도 이런 검은 옷을 입고 있었다.

그러나 지금은 상대의 정체를 캐는 것보다 어떻게든 이 위기를 넘기는 것이 우선!

"도망치자!"

눈을 가린 채 말없이 웅크리고 있는 검은 옷에게 등을 돌린 나는 들어온 문 쪽으로 달려갔다.

그러나.

"놓치지 않겠다!"

목소리와 함께 나와 가우리의 앞을 가로막는 형태로 긴 의자 그늘에서 뛰쳐나오는 검은 옷!

또 있었어?!

앞을 가로막은 그림자는 들고 있던 나이프를 우리들에게 집어던졌다!

"어림없다!"

목소리와 동시에 앞으로 뛰쳐나간 가우리가 검을 휘둘렀다!

캉! 카앙!

날아온 나이프들이 가우리의 그 일격에 튕겨나갔다.

나이프를 던져봤자 소용이 없음을 깨달았는지 상대는 허리춤의 검을 뽑았다.

하지만! 내 존재를 잊으면 곤란하지!

눈앞의 검은 옷과의 거리가 줄어들기를 기다렸다가….

"담 브라스[振動彈]!"

주문을 바로 코앞에다 쏘았다!

피할 수 있는 거리가 아니다!

―그러나!

파앗!

내 필살의 일격은 너무나 쉽게 튕겨나갔다.

검은 옷이 내민 왼손바닥에 의해.

―말도 안 돼?!

제대로 맞으면 어지간한 벽 정도는 가볍게 부수는 술법이다. 하물며 맨손으로 막으면 어떻게 되는지는 두말할 나위도 없을 거다.

방어주문을 외우던 낌새도 없었는데….

"핫!"

내 잡념을 떨치려는 듯 가우리가 기합 소리를 냈다.

카앙!

가우리의 검과 검은 옷의 검, 두 줄기 빛이 부딪치며 불꽃을 튀겼다.

동시에 뒤에서 생겨나는 살기!

돌아볼 것까지도 없다. 방금 전까지 라이팅에 눈이 멀어 있던 녀석이 부활해서 공격을 한 것이다.

하지만 만약 상대가 던지는 무기로 공격을 했다면, 내가 피할 경우 가우리가 맞는다.

그렇다면 여기선!

"이얍!"

기합 소리와 함께 나는 힘껏 바닥을 박차고 뒤쪽에서 가우리에게 부딪쳤다!

"우와아아앗?!"

"아닛?!"

가우리, 그리고 가우리와 대치하던 검은 옷은 갑작스런 나의 난입에 완전히 균형을 잃고 셋이 함께 바닥에 굴렀다.

동시에 머리 위를 무언가가 스쳐 지나가는 기척.

좋아! 피했다!

"야, 리나! 위험하잖아!"

"불평은 나중에 해!"

나는 일어난 가우리의 손을 잡고 들어왔던 문을 향해 돌진했다.

덜컹!

문밖에는 밤의 어둠과… 그리고 몰려들고 있는 경비병들.

언뜻 돌파하긴 어려워 보였지만 지상이라면 몰라도 하늘은 텅 비었다.

"레이 윙[翔封界]!"

증폭한 고속비행 술법으로 가우리의 손을 잡고 밤하늘로 날아오른다.

경비병들의 머리 위를 뛰어넘고 담장 위를 지나 그 뒤에도 계속 날아갔다.

"이봐! 리나!"

잠시 그렇게 날고 있을 때 가우리가 소리쳤다. 신전에선 이미 꽤 떨어져 있는 상태.

"왜?!"

"혹시 여관으로 돌아갈 생각이야?!"

"달리 갈 곳도 없잖아!"

"녀석들이 따라오고 있어!"

"뭐?!"

그 말에 나는 황급히 뒤쪽을 돌아보았다.

그러나 밤의 어둠과 두 사람을 감싼 바람의 결계 탓인지 그런 존재는 아무것도 보이지 않았다.

생각해보면 나는 지금 증폭판 레이 윙으로 건물들의 위를 날고 있는 것이다. 쫓아올 수 있을 리가 만무하다. 보통이라면.

"정말이야?! 가우리?!"

"틀림없어! 보이지는 않지만 기척 두 개가 쭉 따라오고 있다고!"

야성적인 감을 가진 가우리가 이렇게까지 단언하는 걸로 보건대 역시 사실인 모양이다.

기척 두 개가 따라온다고 했으니 건물 안에서 우리를 습격한 검은 옷들이겠지.

사실이라면 이대로 여관으로 가는 것은 매우 위험하다.

나는 비행 진로를 바꾸어 비교적 건물이 밀집되어 있는 부근에서 고도를 낮추고 술법을 풀었다.

주위에는 어둠과 정적만이 있을 뿐

추적자의 모습은 어디에도 없었다.

─그러나.

평온을 가장한 공기 안에는 확실히 무언가 섬뜩한 기운이 있었다.

무언가가… 있다.

어둠 속에 기척을 숨기고.

"리나!"

슈웅!

가우리의 목소리와 뒤쪽에서 바람을 가르는 소리가 동시에 들려왔다.

촤악!

즉시 몸을 틀었지만 작은 무언가가 날아와 내 복면을 찢어 버렸다.

나이프를 던진 건가?!

"큭?!"

물러서면서 돌아보자 사람 그림자 하나가 어둠 속에 부옇게 떠올라 있었다.

역시─검은 옷이.

훌렁….

찢어진 마스크가 떨어지고 내 얼굴이 달빛에 노출되었다.

"호오…."

검은 옷은 내 얼굴을 보고 작게 소리를 흘렸다.

"역시… 그곳에는 무언가가 있었던 거지?"

"우리는 불법 침입자를 처단하러 온 것뿐이다."

나의 떠보는 말에 대한 대답은 뒤쪽에서 들려왔다.

고개만 돌려 돌아보니 건물 그늘에서 모습을 드러내는 또 한 명 의 검은 옷.

―포위당한 건가?

"가우리, 검으로 돌파구를 뚫어. 도망치자."

등과 등을 맞댄 채 속삭이는 나.

"안 싸울 거야?"

"가능하면 소란을 일으키고 싶지 않아, 지금은."

여기에서 강력한 공격주문을 하나 날리고 그 소란을 틈타 도망 칠 수는 있을 거다.

하지만… 잘못해서 일이 커지면 그 소란은 모두 우리들 탓이 될 수도 있다.

"뭔지 모르지만 알았어! 간다!"

말이 끝나자마자 가우리는 정면에 있는 상대를 향해 달려갔다!

"?!"

한발 늦게 뒤를 따르는 나.

검은 옷과 가우리, 두 사람이 동시에 검을 뽑았다!

카앙!

한순간 칼날과 칼날이 부딪치며 어둠 속에 하얀 불꽃을 튀겼다.

가우리는 상대의 검을 흘려내듯 미끄러뜨리고 그대로 검은 옷의 옆을 지나쳐 달렸다.

가우리를 쫓아갈지, 달려온 나와 맞설지 한순간 망설임을 보이던 검은 옷은 결국 나를 향해 검을 휘둘렀다.

―그러나.

"레이 윙!"

가까운 거리에서 발동한 레이 윙의 바람의 결계가 달빛에 번득이는 검과 검은 옷을 한꺼번에 튕겨냈다!

가우리의 옆까지 날아가서 술법을 풀고 그대로 함께 달리면서 나는 다음 주문을 외우기 시작했다.

큰길을 따라 달리다가 골목길로 들어갔고 샛길이 있으면 반드시 그쪽으로 들어갔다.

그냥 똑바로 달린다면 아마 던지는 무기로 공격할 거다. 그리고 코스를 비뚤비뚤 달려가면 상대의 눈을 현혹시키기도 쉽다.

뭐, 내 증폭판 레이 윙을 따라올 정도의 녀석이니 길을 복잡하게 달리는 정도로 따돌릴 수 있을 거라곤 생각하지 않지만.

달리면서 좁은 골목길을 발견한 나는 몸짓으로 신호해서 가우리를 먼저 들여보냈다.

그곳을 얼마쯤 달리자 골목길 뒤쪽에서 나타나는 검은 그림자

둘!

아마 녀석들은 뒤에서 무기를 던질 거다. 여기에서 그렇게 공격하면 이쪽으로선 도망칠 길이 없다.

그러나….

"딤 윈[魔風]!"

검은 옷들이 무기를 던지기 위해 골목 입구에서 발을 멈춘 순간을 노려 나는 외워두었던 증폭판 강풍의 술법을 발동시켰다.

고오!

골목에 만들어진 강풍은 열풍이 되어 검은 옷들을 날려버렸다!

"좋아! 이 틈에 달리는 거야!"

가우리의 등을 떠밀듯이 하며 속력을 높였다. 상대를 날려버리긴 했지만 곧바로 쫓아올 터다. 느긋하게 있을 틈은 없다.

이윽고 나와 가우리는 골목길을 빠져나왔고….

"우…!"

나는 한순간 신음하며 멈추어 섰다.

눈앞에는 길고 긴 벽이 좌우로 뻗어 있었다.

그렇다. 마을을 여러 구획으로 나누고 있는 그 벽이다.

이제 와서 발길을 돌릴 수는 없는 일. 그렇다고 벽을 따라 달리면 몸을 숨길 수 있는 장소가 없다.

그렇다면 역시 담장을 뛰어넘는 수밖에.

나는 서둘러 주문을 외우고….

"리나!"

허나 주문이 완성되기도 전에 가우리가 외치면서 나를 밀쳐냈다!

고오!

동시에 바람이 휘몰아치는 소리.

골목에서 날아온 보이지 않는 무언가가 정면 담장에 부딪혀 흩어졌다.

아마 술법에 의해 압축된 공기 같은 것이리라.

그와 거의 동시에 등장하는 두 사람의 그림자.

ㅡ벌써 따라온 거야?!

우리 두 사람과 검은 옷 두 사람. 네 사람은 다시 대치했다.

"도망칠 수 있을 거라고는 생각 마라."

거만하지 않은 담담한 어조로 검은 옷 한 사람이 말했다.

ㅡ아무래도 싸우지 않고 도망칠 수 있는 상황은 아닌 것 같다. 무엇보다 우리에겐 지리적 이점이 전혀 없다는 것이 치명적.

역시… 싸울 수밖에 없나…?

그렇게 생각한 바로 그 순간.

"정말 시끄럽군, 한밤중에."

목소리는 담장 위에서 들려왔다.

별안간 들려온 목소리에 무심코 그쪽으로 눈길을 돌리자, 별이 찬란한 밤하늘을 배경으로 담장 위에 조용히 서 있는 그림자 하나.

목소리로 보건대 남자인 듯하지만 그 역시 천으로 얼굴을 가리고 있었다.

검은 옷들의 동료는 아닌 듯하지만 일단 수상쩍다는 것은 분명하다.

"뭐냐?! 넌!"

"한밤중에 떠드는 건 민폐라고 했다."

검은 옷 중 누군가의 말에 담장 위의 복면은 조용한 어조로 대답했다.

"너도 이 녀석들과 한패냐?!"

"그런 건 아니지만…."

"그렇다면 쓸데없는 참견은 하지 마라!

우리는 시설에 침입한 수상한 자들을 붙잡으려는 것뿐이니까!"

별안간 난입한 뜻밖의 인물에 어지간히 동요했는지 검은 옷은 조바심마저 느껴지는 어조로 말했다.

대조적으로 복면은 작게 훗 웃더니 말했다.

"수상해? 내 눈에는 너희들 쪽이 더 수상해 보이는데?

뭐, 나도 남 말 할 입장은 아니지만,

적어도 너희들이 도적을 잡는 관리로 보이지 않는 것만은 분명하군."

"……."

검은 옷들은 잠시 침묵하다가….

휘익!

그중 한 사람이 갑자기 오른손을 휘둘렀다.

담장 위에 있던 복면 남자의 오른손이 흐릿해지나 싶더니.

다음 순간.

복면 남자의 오른손에는 작은 나이프가 들려 있었다.

"아닛?!"

놀라 소리치는 검은 옷.

결국 참지 못하고 나이프를 던졌는데… 복면이 받아낸 것이리라.

그나저나 어두운 곳에서 날아온 나이프를 받아 내다니… 아무래도 이 복면도 보통 녀석은 아닌 모양이다.

"오호라, 이게 너희들의 대답이냐…?"

복면은 수중의 나이프를 내팽개쳤다.

"역시 뒤가 구린 건 너희들이었던 모양이군. 그렇다면 그냥 두고 볼 수 없지.

지금 여기서 심하게 싸우면 소란이 좀 커질 테고

금방 다른 마을에도 소문이 퍼지겠지만…

그렇다고 내가 곤란할 건 없으니."

"큭…!"

무슨 말이 하고 싶은지 갈피를 잡을 수 없는 복면의 말에 검은 옷들은 완전히 동요한 기색이 되었다.

"그럼 시작해볼까?"

말하고 나서 복면이 주문을 외우기 시작한 그 순간.

"후퇴한다."

작게 한 마디 중얼거리더니 검은 옷 두 사람은 크게 뒤로 도약해서는 골목길 쪽으로 모습을 감추었다.

"왜, 왠지… 너무 순순히 물러갔는데? 그 녀석들."

"그, 그러네….

아, 참!"

검은 옷들을 바라보던 내가 시선을 담벼락 위로 되돌렸을 때….

그곳에 있던 복면 남자의 모습은 이미 사라지고 없었다.

"저기… 이런 곳에서 조용히 아침이나 먹고 있어도 괜찮은 걸까?"

가우리가 소리를 죽이고 물은 건 다음 날 아침.

여관 1층 식당에서 테이블 가득 차려진 아침 식사를 둘이서 먹고 있을 때였다.

"놈들이 우리를 찾고 있을 것 같은데."

"그럴지도 모르지만…. 솔직히 잘 모르겠어."

말하고 나서 나는 베이컨과 양배추 샐러드를 한입.

"그 검은 옷 일당이 이곳 영주와 관련이 있다면 틀림없이 그렇게 나올 줄 알았어.

우리를 붙잡을 이유는 얼마든지 만들어낼 수 있고 말야.

다만 확실한 건 녀석들이 무슨 까닭인지 일을 키우기를 꺼린다는 거야.

우리는 어제 그 시설에 들어가긴 했지만 결국 아무런 증거도 찾지 못했으니까.

녀석들은 우리를 필사적으로 찾다가 일을 키우기보다는 증거를 들키지 않으니 내버려두자는 쪽을 택한 건지도 몰라.”

실제로 어제 사건이 있은 뒤에도 경비병들의 움직임은 없었다.

고로 우리를 내버려둔다는 판단이 내려졌을 가능성이 큰 셈인데….

“안전한 길을 택한다면 이 마을에서 도망치는 게 가장 확실하지만….

대체 뭐가 어찌 돌아가는 건지… 이래선 영 마음이 개운하질 않아.

어제 그 복면 남자라면 무언가 알고 있을 것 같아.”

“아, 그 녀석?

꽤 솜씨가 좋은 것 같더군.

목소리로 보건대 나이는 좀 먹은 것 같지만…”

생크림이 들어간 크루아상을 먹으면서 말하는 가우리.

나는 식사하던 손길을 멈추고 손끝으로 포크를 살랑살랑 흔들었다.

“그리고 문제는…

녀석들이 전에 싸웠던 녀석들과 같은 녀석들인가 하는 거야.”

“전에 싸웠던 녀석들?”

"전에 베젤드라는 마을에서 검을 놓고 싸운 적이 있잖아? 루크와 미리나라는 엉뚱한 2인조랑 함께! 마지막에 아무리 공격해도 계속 재생되는 녀석이 나왔던 그…."

"오, 그러고 보니 그랬지.

어렴풋이 그런 일이 있었던 것 같은 기억이 나."

"그때 싸웠던 검은 옷 녀석들 있었잖아.

그 녀석들과 어제 건물 안에 있던 녀석들의 복장이 완전히 똑같았다고."

"그렇다는 말은…."

"그래."

나는 가우리에게 고개를 끄덕여 보였다.

"검을 구하기 위해 수단 방법을 가리지 않던

그 녀석들이 이 마을 심장부에도 잠입해 있는 건지,

아니면—

녀석들의 배후가 이 마을의 영주 랑그마이어인지.

어쨌든…."

푹! 포크로 두꺼운 햄을 찌르고 나는 작게 중얼거렸다.

"왠지 또… 성가신 일에 말려들게 될 것 같아."

흠칫.

가우리의 표정이 굳어졌다.

"이미 성가신 일에 말려든 것 같다는 느낌이 드는데…."

말하고 나서 내 뒤쪽… 즉 가게 입구 부근을 눈으로 가리켰다.

"……?"

미간을 좁히고 돌아본 나는

으어어어어!

얼굴이 굳는 것을 스스로도 느낄 수 있었다.

가게 입구 부근에 서 있는 경비병 두 사람.

손에 든 종이를 힐끔 보더니 내 얼굴과 비교해서 본다.

이익?! 역시 붙잡는 수단을 선택한 건가?!

두 경비병은 주저 없이 똑바로 우리들이 있는 테이블 쪽으로 성큼성큼 걸어왔다.

드륵.

무심코 의자에서 일어나서 방어 자세를 취하는 나와 가우리 앞에서 두 경비병은 차려 자세를 취했다.

"실례지만 리나 인버스 님입니까?"

한순간 사람 잘못 봤다고 말해줄까 생각도 했지만 상대가 들고 있는 종잇조각에는 우리의 특징이 적혀 있거나 초상화가 그려져 있을 것이다. 그런 물건을 가지고 있는 이상, 거짓말은 통하지 않는다. 숙박부만 조사해봐도 금방 들통이 난다.

"맞는데, 왜?"

경계를 늦추지 않고 내가 대답한 그 순간.

병사 두 사람은 별안간 척! 경례를 붙였다.

"저희들은 이 마을 영주 랑그마이어 님의 직속 경비병입니다!"

정중한 어조로 크게 소리쳤다.

"영주 대행께서 고명하신 리나 인버스 님과 꼭 한번 이야기를 나누고 싶으니 괜찮으시다면 식사에 초대하고 싶다고 하십니다 만."

"뭐…?"

나와 가우리는 동시에 얼빠진 소리를 낼 수밖에 없었다.

"저기… 뭐가 어떻게 된 거지?"

그날 저녁.

성으로 향하는 길. 석양에 물든 마을길을 걸으면서 가우리는 나에게 그렇게 물어왔다.

"몰라."

솔직하게 대답하는 나.

설마 두 사람을 갑자기 식사에 초대하다니. 나도 미처 생각지 못한 사태였다.

"가능성은 몇 가지 있어.

일단 단순한 우연.

영주 대행이란 사람이 우연히 나를 알고 있었는데 우연히 내가 이 마을에 온 걸 알고 우연히 이런 시기에 나를 부른 거야."

"그럴 리 없잖아."

"그렇겠지.

다른 가능성이 있다면, 두 개 이상의 세력이 있는데 하나는 검은 옷들, 다른 하나는 우리들을 초대한 영주 대행의 세력. 대행은 검은 옷들을 견제하기 위해 어떻게든 우리들을 회유하려고 하는 거야."

"그렇구나."

"하나 더 있는데,

영주 대행과 검은 옷들은 역시 한패였고 이 초대는 함정이라는 것."

"왠지… 그게 가장 그럴듯하네."

"그렇지? 나도 그렇게 생각해."

"그렇게 생각하다니….

그럼 어째서 이런 초대를 받아들인 거야?"

"그냥."

우당탕!

나의 시원스런 대답에 가우리는 완전히 뒤집어졌다.

"'그냥' 받아들인 거야?! 함정일지도 모르는데!"

"하지만 그때 내가 거기서 초대를 거절한다고 했어봐. 만약 대행이 검은 옷들과 대립하고 있다면 못 본 척하는 셈이 되잖아."

"뭐, 그건 그렇지만…."

"반대로 대행이 검은 옷들과 한패라면 내가 거기서 초대를 거절한다고 해서 순순히 물러날 거라고 생각해?"

"아니…, 그렇게 되진 않겠지."

"그렇지?

어쨌거나 진상을 분명히 알려면 이 초대에 응하는 게 상책인 거야.

만약 함정이라고 해도 안 걸리면 되고."

"너무 거친 방법이야. 뭐, 어제오늘 그러는 것도 아니지만…."

"무슨 소리야! 그 정도 근성도 없으면 어떡해?!

그리고…."

"그리고?"

묻는 가우리에게 나는 윙크를 한 번 해 보였다.

"무엇보다 모든 게 수수께끼로 끝나면 개운치 않잖아."

"원 참…, 호기심 하나는 많아서."

내 말에 가우리는 쓴웃음을 머금고 내 머리 위에 손을 툭 얹었다.

"뭐, 좋아.

여하튼 난 네가 하는 대로 끝까지 따라갈 테니까."

"고마워, 자칭 보호자 씨.

자, 그럼…."

나는 앞길에 보이기 시작한 성에 힐끔! 시선을 돌리고 말했다.

"들어가자! 가우리!"

"오래 기다리셨습니다."

정중한 인사와 함께 우리들이 기다리고 있던 방에 들어온 사람은 웬 노집사였다.

그 뒤….

마음을 굳게 먹고 성으로 들어왔건만 우리들은 정중한 안내를 받았고 식사 준비가 될 때까지 대기실에서 기다리게 되었다.

—적어도 지금까지는 아무런 문제도 없었고, 마중하러 나온 사람들 역시 눈곱만큼의 적개심도 내비치지 않았다. 안내받은 이 대기실도 그럭저럭 훌륭했고.

그렇게 기다리기를 얼마. 그리고 지금.

"식사 준비가 다 되었습니다. 대행께서도 이미 와 계십니다."

노집사의 말에 나와 가우리는 말없이 얼굴을 마주 보고 고개를 끄덕였다.

이제부터가 시작이다.

"알겠습니다."

대답하고 자리에서 일어서는 나와 가우리.

문을 나와 노집사의 안내로 긴 복도를 얼마쯤 걸어갔다.

"이곳입니다."

노집사는 어떤 문 앞에서 발길을 멈추었다.

자…, 상대는 이제 어떻게 나오려나?

"들어가십시오."

노집사는 인사와 함께 문을 열었다.

"……?!"

나와 가우리는 무심코 그 자리에 멈춰 섰다.

방 안에는 흰 식탁보가 덮여 있는 긴 테이블. 벽에 걸린 촛대에는 마법의 불빛. 테이블 위에는 은촛대에 밝혀진 촛불.

건너편에는 젊은 남자가 한 명.

나이는 대략 20세 정도. 좋게 말하면 우아하고, 나쁘게 말하면 느끼한 인상으로, 타오르는 듯한 붉은 머리칼과 하얀 옷이 선명한 대조를 이루고 있었다.

싱긋 미소를 띠고 있는 가지런한 얼굴.

아마 영주 대행일 것이다.

그러나 우리가 놀란 건 그 때문이 아니었다.

원인은 영주의 뒤에 시 있는 호위로 보이는 두 사람.

검은 머리 남자와 은발 여자.

잘못 볼 리가 없다. 그들은 전에 함께 검은 옷들과 싸웠던 루크와 미리나 두 사람이었다.

2. 살금살금 움직이는 건 좋아하지 않지만…

"잘 오셨습니다, 리나 인버스 님.

기다리고 있었습니다."

우리들의 경직을 푼 건 붉은 머리 남자의 말이었다.

"자아, 자, 앉으세요. 그렇게 긴장하실 필요 없습니다."

그는 자리에서 일어나더니 우리들을 맞이하는 몸짓을 했다.

"아… 예….

오, 오늘은 초대해주셔서 감사합니다."

아직 조금 당황한 채 나는 일단 인사를 하고 방 안으로 발을 들여놓았다.

"아뇨, 아뇨, 저야말로.

고명하신 리나 인버스 님을 이렇게 뵐 기회가 생기다니 영광입니다."

"…고명… 이요."

중얼거리면서 나와 가우리는 자리에 앉았다.

그래봤자 시답잖은 소문밖에 듣지 못했을 텐데….

우리들이 자리에 앉기를 기다렸다가 그도 다시 자리에 앉았다.

"일단… 자기소개부터 하겠습니다.

제 이름은 라바스 네크사리아 랑그마이어로,

이 웰기스 성의 성주 대행을 맡고 있습니다.

부친인 크라인은 최근 병상에 누워 계십니다.

그래서 제가 영주 대행을 맡고 있는 것이죠."

가우리는 역시 루크 일행의 존재가 마음에 걸리는지 라바스 대행의 뒤에 서 있는 두 사람에게 시선을 보내고 있었다.

한편 루크 쪽도 역시 마음에 걸리는지 힐끔힐끔 이쪽을 보고 있었지만 미리나는 예전과 마찬가지로 여전히 무표정.

그런 가우리와 루크의 시선을 아는지 모르는지 라바스 대행은 상관 않고 이야기를 계속했다.

"사실 전 이래 봬도 마법에 조금 흥미가 있습니다.

아니, 정확히 말씀드리자면 마법에 관한 일화를 듣는 걸 좋아하지요."

대행 뒤에 있는 문에서 모습을 드러낸 급사가 테이블에 포타주 수프를 올려놓고 어딘가로 사라졌다.

"…마법사에 관한 일화는 여럿 있습니다만 최근 들은 것 중에서 특히 제 흥미를 끄는 건 리나 인버스 님, 당신에 관한 이야기들이었습니다."

"하지만 이 녀석에 관한 소문 중엔 제대로 된 게 없지 않나요?"

라바스 대행의 말에 갑자기 옆에서 딴지를 거는 가우리.

이 녀석! 그런 것만은 놓치지 않고 잘 듣는구나!

이런 장소만 아니라면 다짜고짜 걷어차주고 싶은데….

가우리의 말에 대행은 쓴웃음을 머금었다.

"솔직히 말씀드리면, 좋지 않은 소문도 귀에 들어옵니다만 공적이 크면 클수록, 또 지명도가 높으면 높을수록 나쁘게 말하는 사람들이 있기 마련입니다.

나쁜 소문은 좀 과장되는 면이 있지요.

실례인 줄 알면서도 당신에 대한 여러 가지 소문을 수집했습니다.

아트라스 시티의 마법사 협회와 세이룬 시티의 왕실에서 일어난 권력다툼 해결에도 꽤 깊이 관여하셨더군요.

칼마트에선 사교 집단을 괴멸시켰고, 암살자 중의 암살자라 불리는 즈마를 물리쳤으며,

딜스 왕도와 사일라그 시티의 괴멸에도 어떤 형태로든 관여하셨다는 소문까지 있습니다.

어찌 됐든 당신이 범상치 않은 마법사라는 사실은 의심할 여지가 없는 거지요."

호오….

나는 내심 감탄하는 소리를 냈다.

아무래도 나에 대해 꽤 본격적으로 조사한 모양이다.

"그러나 소문은 어디까지나 소문이니, 괜찮으시다면 부디 식사를 함께 하면서 본인의 입으로 직접 무용담을 들려주셨으면 합니다만….

아, 이야기가 너무 길어졌군요.

일단 수프가 식기 전에 드시기를."

라바스 대행은 숟가락을 들며 말했다.

"아아, 잘 먹었다."

식사를 마치고 여관으로 돌아가는 길.

밤길을 함께 걸으면서 가우리는 만족스럽게 중얼거렸다.

"참 잘도 먹었지."

"음, 뭐니뭐니해도 맛이 있었거든. 역시 영주는 먹는 음식이 다
른가 봐.

하지만 리나, 너 오늘은 별로 식탐을 부리지 않던데….

무슨 일 있었어?

성에 가기 전에 나 몰래 정식 3~4인분이라도 해치운 거야?"

후우우우우….

나는 지친 듯한 한숨을 한 번 쉬었다.

"너 말야…

내가 '잘 먹었다'고 한 말은 그런 의미가 아니라고….

혹시 너, 라바스 대행이 우리의 적일지도 모른다는 점은 까맣게
잊고 있었던 것 아냐?"

"잊을 리가 없지. 하지만 결국 아무 짓도 안 했잖아."

후우우우우….

"그러서…?

나는 혹시 음식에 독이라도 넣지 않았을까 걱정이었는데."

"독…?!"

내 말에 그제야 그 가능성을 눈치챘는지 가우리는 소리를 지르고 멈춰 섰다.

"도, 독이라고?! 그 음식에 말야?!"

"그럴 가능성도 있었다는 소리야.

뭐, 그렇게 우적우적 먹어댄 가우리가 무사한 걸로 보아 결국 들어 있지는 않았던 모양이지만."

"'모양이지만'이 아냐! 그렇다면 식사 도중에 한 마디 귀띔이라도 해줬으면 좋았잖아!"

"그런 말을 어떻게 해!

아직 라바스 대행이 적으로 판명된 것도 아니란 말야! 그런데 테이블에서 '아, 가우리. 음식에 독이 들어 있을지도 모르니까 조심해'라고 말할 수 있겠어?"

뭐, 성에 가기 전에 가우리에게 주의를 주면 된다는 설도 있기는 하지만… 주의를 주는 걸 까먹었다.

"난 천천히 맛을 보면 독이 들어 있는지 없는지 정도는 알 수 있어. 급히 먹으면 무리지만…."

"헤, 그래서 천천히 먹었던 거구나."

"그래."

"그런데 어떻게 잘도 '독의 맛'을 아네?"

"그럴 만도 하지. 고향에 있는 언니한테 교육을 철저히 받았거든."

"……."

내 대답에 가우리는 잠시 침묵했다.

"예전부터 궁금했는데… 고향에 있는 언니는 어떤 사람이야?"

"부탁인데 묻지 마, 그것만은."

"아, 알았어. 안 물을게."

내 눈망울에 서린 공포를 눈치챘는지 가우리는 작게 몸을 떨며 침묵했다.

"하지만 결국…

오늘 초대에 무슨 의미가 있었던 거지?"

화제와 분위기를 바꾸기 위해 나는 이야기를 되돌렸다.

"그러고 보니 그 대행은 단순히 네 무용담을 듣고 고개만 끄덕이더군."

"그 점이야.

어쩌면 호위로 고용한 루크와 미리나에게서 우리 이야기를 들은 건지도 모르겠어.

그것치곤 타이밍이 역시 너무 절묘했지만."

"그럴지도.

하지만 리나, 그 두 사람을 고용한 걸 보아 검은 옷들과 같은 편은 아닌 것 같지?"

"우웅…."

가우리의 물음에 나는 미간을 좁히고 신음했다.

확실히….

전에 베젤드 사건에서 루크와 미리나, 두 사람은 우리들과 손을 잡는 형태로 검 한 자루를 놓고 검은 옷들과 대치했다.

이제 와서 루크 일행과 검은 옷들이 맞서 싸울 이유는 어디에도 없지만, 과거에 적대하던 녀석을 순순히 호위로 고용할 수도 있는 걸까?

"하지만 어쨌거나,

지금은 일단 뒤를 어떻게 하는 게 우선인 것 같아."

"응."

걸음을 멈추지 않은 채 나와 가우리는 시선을 주고받았다.

두 사람이 성을 나온 이후….

기척 하나가 우리 뒤를 쭉 따라오고 있었다.

상대가 우리 편이라면 한참 전에 말을 걸어왔을 텐데 그러지 않는 것으로 보아….

적.

"우리가 먼저 공격할까?"

"글쎄…. 어쨌거나 이대로 여관까지 안내할 순 없겠지?"

나는 가우리의 물음에 대답하고 그 자리에서 발길을 딱 멈추었다.

근처에 민가와 술집은 없었다. 해가 저문 지 그리 오랜 시간이 지난 것도 아니지만 주위에 사람의 모습은 없었고 그저 밤과 정적만이 거리에 넘치고 있었다.

우리가 멈춰 선 걸 눈치챘는지 뒤쪽의 기척은 주저하듯 한순간 움직임을 멈추었지만 이윽고 다시 움직이기 시작했다.

—우리 쪽을 향해서.

그리고.

살기와 함께 어둠 속에서 생겨났다.

빛은 주력(呪力)의 창이 되어 우리들을 향해 돌진했다!

하지만 이 정도 거리라면 몸을 피하는 건 식은 죽 먹기. 나와 가우리는 좌우로 도약해서….

"?!"

휘몰아친 살기에 나는 거의 반사적으로 허리춤의 검에 손을 가져갔다.

그 눈앞에 어둠 속에서 뛰쳐나오듯 나타나는 검은 그림자!

—아닛!

카앙!

뽑아낸 쇼트 소드의 칼자루가 간신히 그림자의 가로 베기 일격을 막아냈다.

위… 위험했다!

타이밍이 조금만 어긋났어도 옆구리를 베였거나, 자루를 잡고 있던 손가락을 잘렸을 거다.

그러나 술법을 쏜 녀석이 어둠을 틈타 달려온 것치곤 아무리 그래도 너무 빠르다.

그렇다면 역시 적은 두 사람?!

"리나!"

칼을 뽑아 들고 뒤로 물러선 내 앞에 끼어드는 가우리.

카아아아앙!

가우리의 가로 베기 일격을 어둠 색으로 칠해진 검은 옷의 칼날이 막아냈다.

검은 옷은 자세를 무너뜨리지 않고 별안간 가우리를 향해 주문을 해방했다!

어느 틈에 주문을 외운 거지?!

보통이라면 피할 수 없는 가까운 거리에서 날아온 일격이었지만 가우리는 몸을 틀어 가볍게 피하고 그 여세를 이용해서 다음 공격에 나섰다.

검은 옷은 이번엔 검으로 막으려 하지 않고 몸을 크게 뒤로 날려 피했다.

가우리에게서 거리를 둔 검은 옷은 등을 돌리더니 그대로 달리기 시작했다.

"도망치는 건가?!"

"그게 아냐!"

말하고 나서 나는 그 등을 뒤쫓아 달리기 시작했다.

"유인하는 거야! 우리들을! 따라오라고!"

"그래서 따라가는 거야?!"

옆에서 나란히 달리면서 불만스러운 듯한 어조로 말하는 가우리.

"당연하지! 어딜 보나 함정이지만 그걸 돌파해야 비로소 길이 열린다고!"

"그렇구나!"

도망치는 그림자를 뒤쫓아 나와 가우리는 밤거리를 질주했다.

―하지만 적은 두 사람인 줄 알았는데 다른 한 사람은 모습을 드러낼 기미가 없다. 내가 잘못 짚은 건가?

아니면 이것도 일종의 함정?

여하튼 눈앞의 상대를 쫓아가면 대답은 저절로 나올 거다.

모퉁이를 돌아 얼마쯤 달리다가 검은 옷은 어느 건물의 문을 통과해서 부지 내로 들어갔다.

"여긴?!"

나와 가우리 두 사람은 한순간 담장 앞에서 발을 멈추었다.

그곳은… 언젠가 보았던 정체불명의 출입 금지 시설 중 한 곳이었다.

겉모양은 도서관이나 미술관 같은 구조이지만 담장이 둘려 있고 경비병이 빼곡하게 깔려 있는 그곳.

그러나…. 지금 시설 주위에 경비병의 모습은 없었고 문도 활짝 열려 있었다.

"저길 봐, 리나….''

가우리의 말에 건물 쪽으로 눈길을 돌렸다.

그 검은 옷은 현관 앞에 멈춰 서서 우리들을 빤히 쳐다보고 있었다.

"아항, 얼른 오라는 소리야."

"갈 거지? 어차피."

"두말하면 잔소리."

대답하고 나는 윙크를 한 번.

두 사람은 다시 검은 옷 쪽으로 달려갔다.

검은 옷은 우리들이 쫓아오는 걸 확인하고 현관을 통해 안으로 모습을 감추었다.

"꽤나 도전적인 녀석이네."

"그만큼 자신이 있다는 뜻이야. 자기 실력이나 설치된 함정. 어쩌면 양쪽 모두에."

두 사람은 검은 옷의 뒤를 따라 현관으로 들어갔다.

약간 열려 있는 문틈으로 희미한 빛이 새어나오고 있었는데 안에 사람이 있는 기척은 없었다.

―하지만 물론 그럴 리는 없다. 기척을 숨기고 숨어 있는 걸까?

속으로 주문을 외우면서 가우리에게 눈으로 신호를 주었다.

쾅!

가우리는 검으로 자세를 취한 상태에서 문을 걷어차 열었다!

―그러나.

"없는데?"

안을 대충 둘러보고 가우리는 중얼거렸다.

한발 늦게 나도 안을 들여다보았다,

그곳은 큰 로비였다.

둥근 방 안에 쭉 뻗어 있는 통로. 좌우에는 2층으로 통하는 계단. 벽에 늘어선 촛대 몇 개에는 마법의 불빛이 부옇게 밝혀져 있다.

확실히 언뜻 보기엔 주위에 사람의 모습은 없다. 그러나….

안쪽 통로 입구의 좌우로 그리폰을 본떠 만든 조각상 두 개가 있었다.

그 조각상 중 이쪽에서 보아 오른쪽에 있는 것은 본래 위치에서 비뚤어지게 놓여 있었고 바닥에는 지하로 뚫린 입구가 훤히 드러나 있었다.

"또 노골적인 유인이군."

"갈 수밖에 없겠지. 이렇게까지 대놓고 유인하는데."

각오를 단단히 하고 나와 가우리 두 사람은 홀을 가로질러 지하로 통하는 계단을 밟았다.

새하얗고 아무런 장식도 없는 통로.

천장 자체에 마법의 불빛이라도 밝혀져 있는지 무미건조한 빛이 주위를 차갑게 밝히고 있다.

통로는 얼마 안 간 곳에서 끊겼고 그 막다른 곳에 있는 건 문 하나였다.

이 안에 함정이 있다고 말하는 듯한 분위기였지만 이제 와서 돌아갈 수는 없는 일.

통로를 나아가서 문손잡이를 잡고….

철컥.

열린 문 안에서 새어 나온 냉기가 나를 휘감았다.

문 안에 있는 것은… 어둠.

통로에 흘러든 빛으로 인해 방의 좌우에 늘어서 있는 그림자가 보였다.

"라이팅!"

나의 주문이 어둠을 밝혔다.

그리고….

"이건…."

나는 무심코 중얼거렸다.

천장까지 닿을 높이로 방 좌우에 늘어선 크리스털 관. 그 안에 잠들어 있는 듯 떠 있는 건 사람이라고도, 몬스터라고도 할 수 없는 기괴한 생물들이었다.

"이봐, 리나. 이건…."

"키메라(합성수) 공장이야. 꽤 거대한…."

늘어선 크리스털 관들은 불빛이 닿지 않는 어둠 속에까지 늘어서 있었다. 그 숫자는 아마 백을 가볍게 넘을 것이다.

"그렇다면… 이 안에 있는 건가? 그 검은 옷이."

"아마도."

크리스털 원통은 반쯤 벽에 박혀 있어서 그 뒤쪽에 사람이 숨을 수는 없다.

우리들이 안쪽으로 들어가면 통 안에서 키메라들이 우글우글 기어 나올 테니 그 와중에 공격하겠다는 속셈이겠지만 나에게도 대책이 있다.

나는 속으로 주문을 외우면서 기둥 사이로 뻗어 있는 좁은 통로를 나아갔다.

그리고 얼마 가지 않았을 때….

"또 만났구나."

목소리와 기척은 뒤에서 생겨났다.

"?!"

황급히 그쪽을 돌아보자 들어왔던 문 주위에 통로의 빛을 등지고 서 있는 그림자가 하나.

말할 것도 없이 그 검은 옷이다.

뭐… 차림이 차림인 탓에 아까 녀석과 동일 인물인지는 알 수 없지만.

"기억하나? 내 목소리를.

나…, 자인의 이름을."

"자인?!"

주문을 외우고 있었다는 것조차 잊고 나는 소리를 질렀다.

"누구야?"

"베젤드 사건 때 검은 옷 중 한 명이야! 마지막에 모습을 감춘 그 녀석!"

묻는 가우리에게 대답하는 나.

그럭저럭 실력은 있는 녀석이지만 방심만 하지 않으면 못 이길 상대는 아니다.

"어제는 다른 시설에 침입했던 모양이더군. 동료에게서 너희들

이름을 들었을 땐 솔직히 놀랐어."

"역시 이 마을이 너희들의 본거지였구나."

"내 입으로 대답할 순 없군, 그 질문에는."

"헤에, 예전엔 조금만 떠봐도 술술 다 털어놓더니 조금은 성장했구나, 너도."

"좋을 대로 지껄여라."

하지만 내 말에 자인은 차갑게 중얼거릴 뿐.

이 녀석… 전과는 왠지 인상이 다르네?

전에는 좀 더 잘 걸려드는 녀석이었는데….

"어쨌거나 너희들은 죽어줘야겠다."

말과 동시에 자인의 전신에 살기가 일었다.

나는 황급히 주문을 외우고….

그 순간….

직! 직직! 우지지지직!

우리 둘과 자인의 사이에 있던 좌우로 늘어선 크리스털 관이 아무런 전조도 없이 별안간 소리를 내며 갈라졌다.

좌악!

안에서 뿜어 나온 생명의 물(키메라 제조용 배양액)이 한순간 우리들의 눈앞에서 자인의 모습을 가렸고….

다음 순간.

살기는 우리 뒤쪽에서 일었다.

"?!"

가우리는 돌아서면서 칼을 뽑아 휘둘렀다!

카앙!

그 일격은 뒤에 있던 검은 옷의 검을 멋지게 막아냈다.

─역시 한 사람 더 있었던 거야!

그럼 정면에 있는 자인은 내가….

생각한 그 순간.

"여전히 제법이구나."

뒤에서 들린 검은 옷의 목소리는 다름 아닌 자인이었다.

아닛…?!

문 쪽으로 눈길을 돌리자 그곳에 이미 검은 그림자는 없었다.

─말도 안 돼?!

설마 숨겨진 통로 같은 게 있었다고 해도 그 지극히 짧은 시간에 우리의 뒤쪽으로 돌아가기란 불가능하다.

하지만 지금은 그런 생각을 하고 있을 틈이 없었다.

갈라진 크리스털 관 안에서 통로로.

봉인되어 있던 키메라들이 잇달아 기어 나오고 있었다.

"프리즈 브리드[氷結彈]!"

가장 가까운 곳에 있는 한 마리에게 나는 주문을 해방했다.

그 이름대로 냉기의 덩어리를 집어 던져 상대를 얼리는 술법이다. 그리 넓지 않은 이 통로에서 맨 앞에 있는 한 마리를 얼려버리면 뒤쪽에 있는 녀석들은 접근하지 못하게 된다.

―그러나.

촤악!

내가 쏜 주문의 일격은 선두의 한 마리에 명중했음에도 그 녀석을 얼리지 못하고 허망하게 흩어졌다.

안 통하다니?!

그럼 설마 이 녀석들은 데몬을 이용한 키메라인가?!

상대는 바로 코앞. 다음 주문을 외우고 있을 여유는 없었다.

나는 황급히 허리춤의 쇼트 소드를 뽑아 들고 자세를 취했다.

이래 배도 난 검을 꽤 잘 쓰지만 그래도 파워 부족은 부정할 수 없다. 만약 눈앞의 키메라가 사람과 데몬의 합성물이라면 일격으로 해치우기란 어렵다.

그렇다면….

쿠오오!

달려온 키메라가 오른손을 크게 치켜들었고….

탁!

순간 나는 바닥을 박차고 주저앉듯 상대에게 파고들었다.

아마 키메라의 눈에는 내가 사라진 것처럼 보이지 않았을까?

일어서면서 몸의 탄력을 이용해서 검을 위로 찔러 올린다.

촤악!

내 검은 키메라의 턱을 정확히 밑에서 관통했다.

크르륵, 크오오오!

피 거품이 섞인 비명을 지르며 고통에 몸부림치는 키메라.

나는 황급히 칼자루에서 손을 떼고 뒤로 물러서서 외웠던 주문을 해방했다.

"블래스트 애시[黑妖陣]!"

코앙!

몸부림치던 키메라는 뒤에 있던 한 마리와 함께 내 주문을 정통으로 얻어맞고 검은 먼지가 되어 소멸했다.

생명이 있는 것, 의지가 있는 것을 먼지로 만들어버리는 흑마술이다. 통로의 벽과 내 검에는 전혀 아무런 영향이 없다.

바닥에 떨어진 검을 달려가서 주운 다음, 다가오는 키메라에게 다시 자세를 취했다.

키메라들은 계속해서 통로로 기어 나오고 있었다. 대충 봐도 십여 마리는 되는 숫자.

방금처럼 몇 마리씩 해치울 수는 있겠지만 성가시기도 하고 위험도 크다.

가브 플레어[魔龍烈火包]처럼 마족에게도 통하고 관통력도 있는 술법을 쓴다면 일격에 전멸시킬 수 있겠지만 그 술법은 여러 제반 사정에 의해 쓸 수 없게 되고 말았다는 게 문제….

가우리가 한가하다면 '가라, 가우리!'라고 내보내놓고 뒤에서 구경하는 방법도 있는데….

뒤를 돌아볼 여유는 없지만 검과 검이 부딪치는 소리가 여전히 들리는 것으로 보아 아무래도 가우리는 자인을 상대로 꽤 애를 먹고 있는 모양이다.

결국 이 키메라들은 역시 내가 어떻게 하는 수밖에.

선두에 있는 녀석만 어떻게든 저지하면 되는데….

─맞다!

나는 속으로 주문을 외우기 시작했다.

경계하는 키메라를 검으로 견제하며─

쿠오오오!

선두의 키메라가 마음을 굳히고 돌진했을 때 이미 난 주문을 다 외운 상태였다.

"다이나스트 브레스[覇王氷河烈]!"

콰득!

이번에야말로.

선두에 있던 키메라의 몸은 그 자리에서 완전히 얼어붙었다.

이 술법으로 만들어지는 건 마족도 얼게 하는 마력의 얼음.

아무리 이 키메라들이 마력에 대한 내성을 가지고 있다 해도 소용없다.

본래 이 술법은 상대를 얼려서 그대로 산산이 박살 내는 술법이다.

하지만 그 주문을 조금 변경해서 상대를 부수지 않고 얼리기만 한 것이다.

주문의 의미와 구조를 제대로 파악하고 있다면 이 정도 일은 충분히 가능.

좋아, 이제 뒤에 있는 키메라들은 얼어붙은 동료의 몸 때문에 접근하지 못할 터.

그렇다면 가우리에게 가세해서 자인부터 해치운다!

나는 주문을 외우면서 돌아섰다.

캉! 캉! 카앙!

두 사람의 싸움은 역시 아직 계속되고 있었다.

특별히 가우리가 건성으로 싸우는 건 아니었다. 자인이 펼치는 공격이 예전보다도 훨씬 예리해진 것이다.

이 녀석?! 그렇게 짧은 시일 만에 이 정도 실력을 쌓다니!

그러나… 나와 가우리 두 사람을 한꺼번에 상대하려 한 게 실수였다.

나는 가우리의 뒤쪽에서 술법을 해방했다.

"플레어 애로!"

순간 십여 발의 불꽃 화살이 허공에 출현했다.

칼날을 맞대고 있는 가우리와 자인 두 사람의 사이에.

"아닛?!"

콰과과과과과과!

놀라서 소리치는 자인의 전신에 불꽃 화살이 쏟아졌다!

본래 이 술법은 술자의 앞에 불꽃 화살을 만들어서 쏘는 것이지만 이것 역시 주문을 수정한 것이다.

좋아, 이제 키메라들만 해치우면….

그렇게 생각하고 돌아서려 했을 때.

"크윽?!"

가우리가 놀란 소리를 냈다.

그리고 검과 검이 맞부딪치는 소리.

가우리에게 칼을 휘두른 건 다름 아닌….

"안됐구나, 꼬마야! 소용없어!"

"자인?!"

나는 한순간 자신의 귀를 의심했다.

자인이 두르고 있던 검은 옷은 플레어 애로에 의해 여기저기 탔지만, 언뜻 봐도 자인 자신은 전혀라고 해도 좋을 만큼 대미지를 입은 기색이 없었다.

내 공격이 있을 것을 예상하고 설마 내화 술법이라도 외워두었던 건가?!

아니면….

"이런!"

갑자기 아무런 전조도 없이.

동요하며 소리친 건 그 자인이었다.

다시 가우리와 칼을 맞대면서도 그의 시선은 나… 아니, 내 뒤쪽을 향하고 있었다.

자인의 움직임을 경계하며 돌아보니 그곳에는 얼어붙은 키메라가 한 마리.

특별히 아까와 달라진 것은….

─있었다.

얼어붙은 녀석의 뒤에 빼곡하게 들어차 있던 키메라들이 어느 틈엔가 모습을 감추었다.

그렇다는 말은….

설마 밖으로 나간 건가?!

혹시 그 키메라들은 아직 제어가 불완전?!

칼을 부딪치는 소리가 사라진 걸 깨닫고 다시 가우리 쪽으로 시선을 돌려보니 자인은 크게 뒤로 물러나서 가우리와의 거리를 벌려놓고 있었다.

그리고 그대로 빙글 돌아서서 어둠 속으로 달려간다.

"또 유인하는 건가?"

"아니야!"

가우리의 중얼거림에 소리를 지르는 나.

"키메라들이 밖으로 나갔을지도 몰라! 만약 그렇다면 마을은 혼란에 빠지게 돼!"

"뭐어어?!"

나는 황급히 주문을 외웠다.

"다이나스트 브레스!"

키잉!

통상판 다이나스트 브레스로 얼어붙어 있던 키메라를 박살 냈다.

그 뒤에는….

역시 예상했던 대로 통로만이 쭉 뻗어 있을 뿐, 우글우글하던 키메라의 모습은 어디에도 없었다.

"어떻게 할 거야? 리나."

"어떻게 하다니…. 키메라들이 정말 지상으로 나갔다면 내버려 둘 수 없잖아!

일단 올라가서 상황을 확인하자!"

가우리의 대답도 기다리지 않고 달려가는 나.

통로와 계단을 거쳐 우리 두 사람은 로비로 다시 나갔다.

"있다!"

로비에 있던 키메라 한 마리가 우리들의 존재를 깨닫자 위협하려는 듯 한 번 으르렁거렸다.

내가 주문을 끝마치기도 전에….

촤악!

뛰쳐나간 가우리가 그 키메라를 한칼에 베었다.

역시 강하다! 가우리! 여기에 뇌세포만 충실하면 완벽한데!

"이 녀석이야? 그 키메라라는 게."

"응. 그 녀석 말고도 또 있을 거야!"

"전부 몇 마리지?"

"정확히는 모르겠지만… 열네 마리는 되었던 것 같은…."

이 홀에 다른 키메라들의 모습은 보이지 않는다. 건물 안에서 어슬렁거리는 녀석도 아직 있겠지만 일단은 밖에 나간 녀석이 있다면 그쪽을 해치우는 게 우선이다.

"어쨌거나! 일단 밖으로 나가자!"

"응!"

나와 가우리 두 사람은 현관을 통해 뛰쳐나갔고….

"으음…!"

무심코 신음하며 발길을 멈추었다.

담장 밖에서는 이미 여기저기에서 불길이 치솟고 있었다.

"모르겠어."

마을에서 돌아오자마자,

식당 테이블에서 기다리고 있던 가우리에게 나는 말했다.

어젯밤….

마을에서 날뛰던 키메라들을 모조리 제거하고, 모르는 척 여관으로 돌아와서 그대로 잤는데….

역시 상황이 궁금해져서 아침을 먹고 난 다음 마을로 정찰을 나섰던 것이다.

"모르겠다니? 어제 사건에 대해 다들 아무 말도 안 해?"

"다들 수군거리고는 있어.

정식 발표도 있었던 모양인데,

어제 사건은 수배 중인 마법사가 일으킨 소동이고 범인도 이미 붙잡힌 걸로 되어 있더라고."

"그게 무슨 소리야?"

내 말에 가우리는 미간을 좁혔다.

"다시 말해, 검은 옷 일당이 사건을 무마했다는 소리지."

놈들로선 본거지인 이곳에서 쓸데없는 소란은 일으키고 싶지 않았을 것이다. 실제로 어젯밤에도 날뛰기 시작한 키메라들을 처리하기 위해 검은 옷들도 움직였던 듯, 우리들이 달려갔을 때 이미 누군가에게 쓰러진 듯한 키메라도 몇 마리 있었다.

당연히 소동이 일어난 경위를 마을 사람들에게 정직하게 발표할 리가 없었다. 거기까지는 이해가 되는데….

"하지만

어제 그 소동을 모두 나와 가우리에게 뒤집어씌우는 것도 가능했을 거야.

아무튼 권력과 정보망을 가지고 있는 건 녀석들이니까.

그런데 그러지 않았어.

그래서 모르겠다고 한 거야."

"흐음…."

내 말에 난처한 얼굴로 머리를 긁적이는 가우리.

"가르쳐줄까?"

"뭐?"

옆에서 갑자기 들려온 목소리에 그쪽으로 눈길을 돌리자 낯익은 얼굴이 하나.

"루크?!"

그랬다.

대체 어느 틈에 왔는지 우리 테이블 옆에 서 있는 건 눈초리가 사나운 검은 머리 전사 루크였다.

오늘은 무슨 까닭인지 그 옆에 미리나의 모습은 없다.

"여."

가볍게 손짓을 하더니 비어 있는 의자에 앉았다.

왠지 우울한 표정으로 머리를 긁적이더니 말했다.

"실은… 나도 이런 심부름꾼 같은 용건으로 오긴 싫었지만…

의뢰인의 부탁이니 싫다고 할 수 없어서 말야.

그래서 다른 사람 밑에서 일하는 건 싫었는데….

"갑자기 튀어나와서 뭘 혼자 구시렁대고 있는 거야, 넌.

그리고 용병이 다른 사람 밑에서 일하는 걸 싫어하면 어떡해."

"누가 용병이야! 누가!

이래 봬도 나와 미리나는 어엿한 트레저 헌터라고!"

"그러셔…?"

"그래!"

트레저 헌터란 말 그대로 유적 등을 탐사해서 찾은 보물을 팔아 생계를 꾸리는 녀석들을 말한다.

뭐… 세간에는 우리들이 평소에 하는 일과 거의 차이가 없다는 설도 있지만 본인이 아니라고 부정하는 건 자유이다.

"그러고 보니 베젤드 사건에서도 너희들이 노리던 것은 검이었지."

"그래.

여러 가지 고난을 이겨내고 고대의 비보를 찾아내는 것! 그거야 말로 남자의 로망이야!

부자들에게 꼬리치며 굽실거리는 그런 용병들과 한통속으로 취급하지 말라고."

"하지만 지금은 어엿한 라바스 대행의 개잖아."

"흑흑흑흑흑…."

내 핀잔에 눈물을 흘리는 루크.

"나… 나도 말야! 좋아서 그런 녀석에게 고용된 게 아니야! 다만…."

"여비라도 떨어진 거야?"

"아냐! 그게… 미리나가 나도 모르는 틈에 이 일을 맡았으니 어쩔 수 없잖아."

"싫다면 단호하게 거절하면 되잖아."

"바보! 사랑하는 미리나에게 '네가 따온 일이 마음에 안 들어'라고 말할 수 있을 것 같아?!"

"남자의 로망이니 뭐니 하며 잘난 척한 것치고, 미리나에게 엄청 약하구나."

"훗. 난 미리나의 사랑의 노예거든♡"

그냥 노예인 것 같다는 생각도….

"원 참, 사랑의 노예라니."

루크의 헛소리에 가우리는 난처한 얼굴로 말했다.

"그런 걸 여자 엉덩이 밑에 깔렸다고 하는 거야. 정말 같은 남자로서 한심해."

"너한테서만은 듣고 싶지 않은 말이로군."

도끼눈으로 나와 가우리를 번갈아 바라보며 말하는 루크.

"이봐, 이봐, 착각하지 말라고.

난 리나 궁둥이 밑에 깔린 기억 없어.

단순히 내 머리로 생각하고 행동하지 않아서 그렇게 보이는 것 뿐이지."

너희들… 너무 불쌍해 보여. 아무래도 좋지만….

"그, 그런데."

이대로 내버려두면 이야기가 점점 한심한 방향으로 나아갈 것 같다는 위험성을 감지하고 나는 루크에게 눈길을 돌렸다.

"이야기를 돌리겠는데, 루크, 넌 결국 뭐 하러 온 거야?

왠지 뒤에서 뭐가 어떻게 움직이고 있는지 아는 것 같은 말투였 는데."

"아, 그래, 그래."

루크는 그제야 정신을 차렸는지 주위를 힐끔 돌아보고 목소리 를 죽였다.

"어젯밤 마을에서 키메라가 난동을 부린 일은 당연히 알고 있 겠지?"

"대강 소문은 들었어."

"시치미 떼지 않아도 돼.

너희들이 사건에 관여되지 않았을까 해서

이 일을 무마시킨 게 라바스 대행이니까."

"대행이?"

마찬가지로 목소리를 죽이고 되묻는 나.

"그래.

대행은 너희들의 힘을 빌리고 싶어해."

"흠."

나는 잠시 생각하고 말했다.

"혹시… 집안다툼 같은 거야?"

"호, 감이 좋구나."

내 물음에 루크는 씨익 작게 웃으며 대답했다.

그리 어려운 추측은 아니다. 대립하는 두 사람이 있고 그 한쪽이 영주 대행이라면 다른 한쪽도 비슷한 힘을 가지고 있는 자일 거라 생각하는 게 보통이다.

그리고 가장 흔한 것은 대립하는 상대가 혈연이라는 전개.

"라바스 대행에겐 베이섬이라는 형이 있다고 하는데 말야,

그 녀석이 상당한 야심가라 지방 영주라는 지위로는 부족해서 여러 가지 좋지 않은 일들을 꾸미고 있다는군.

부친이 병상에 드러누운 걸 기회 삼아 영주 대행 일을 동생 라바스에게 떠맡기고 자신은 돈과 권력을 휘둘러서 말이지."

"형이라고?"

"응, 하지만 만약 형이 하는 짓이 잘못해서 국왕의 귀에 들어가기라도 하면 당연히 영주의 지위는 박탈당하고 잘못하면 일족이 모두 처형될 수도 있어.

그래서 대행으로선 어떻게든 형을 막고 싶은 모양이야.

그것도 가능한 한 온건한 방법으로 말이지.

그러려면 역시 힘을 가진 사람을 모을 필요가 있어.

그래서 형이 있는 곳에 침투시킨 부하에게서 너희들이 이 마을에 왔다는 소식을 듣고 고용할 마음을 먹은 거지."

"그랬구나…."

확실히 그렇게 생각하면 앞뒤가 맞는다.

"하지만

어제 사건으로 너희들이 붙잡힌다면 이 계획은 물 건너가게 돼.

그래서 뜬금없이 '범인 체포'라는 기짓 사실을 발표하고 나를 너희들에게 보낸 거야.

그런 이유로

난 너희들의 대답을 들어야 해.

대행을 도울 것이냐 말 것이냐 하는."

"음…."

나는 뒤통수를 벅벅 긁었다.

"하나 묻겠는데, 너, 그 베이섬이라는 사람 본 적 있어?"

"아니.

성에서 모습을 감추었다고만 들었어."

"그렇구나.

그럼 이 제의는 거절할게."

"알았어. 그렇게 전하지."

내 대답에 루크는 선선히 고개를 끄덕이더니 자리를 털고 일어났다.

"자… 잠깐! 거절하는 이유 같은 건 안 물어?!"

"말했잖아. 이런 심부름꾼 짓은 싫다고."

오히려 당황해서 묻는 나에게 루크는 성가시다는 듯 말했다.

"솔직히 말해 나로선 너희들이 대행을 돕든 말든 알 바 아냐.

그러니까 너희들이 무슨 생각으로 이 제의를 거절하는지 하는 건 나랑은 상관없는 일이라고."

"하지만 성에 돌아가면 미리나에게 왜 이유를 묻지 않았냐고 꾸중을 들을 텐데?"

―움찔.

내 한마디에 루크의 몸이 작게 떨렸다.

다시 자리에 앉더니 말했다.

"이유 정도는 듣고 가는 게 좋겠어, 역시."

"너… 정말 미리나에게 약하구나."

"어… 어쨌거나,

얼른 말해. 그 이유인지 뭔지를."

"싫어."

"……."

"……."

"저기… 혹시 너….."

루크는 머리를 긁적거렸다.

"날 가지고 논 거야?"

"정~답~♡"

"……."

"아, 하지만 '이유는 말하지 않겠다'는 데에는 나름대로 이유가 있어.

일단 대행과 미리나에겐 '아무리 물어도 이야기해주지 않았다'고 말해두라고."

"알았어."

성난 목소리로 말하고 루크는 자리에서 일어나 등을 돌렸다.

"저기, 리나, 방금 제의를 어째서 거절한 거야?"

가우리가 그렇게 물은 건 루크가 여관 밖으로 나간 뒤의 일이었다.

"대행이 곤란해 보이는데 받아들이는 게 좋지 않겠어?"

"루크의… 아니, 대행의 이야기가 사실이라면 그렇지."

나는 말했다.

"확실히 이야기의 앞뒤는 맞아.

하지만 그렇다고 그 말이 진실이라곤 할 수 없어.

가령 역할이 반대일 가능성도 있고 말야."

"역할이 반대?"

"다시 말해 '좋지 않은 일'을 꾸미고 있는 게 실은 대행 쪽이고, 막으려고 하는 쪽이 베이섬일 수도 있다는 거지. 베이섬이 암살당할 위험을 느끼고 성에서 도주했는데, 대행은 우리들을 고용해서 그의 움직임을 봉하고 더 나아가 그를 암살할 요원으로 이용하려는 속셈일 수도 있는 거야.

어쨌거나 일단 뒤를 확실히 캐고 난 뒤에 움직여야 해.

그리고….”

“그리고?”

“기억나? 그제 밤 검은 옷 두 사람에게 몰리고 있을 때 끼어든 복면 남자.

그 사람이 대체 누구일까 하는 거야.”

“혹시… 그 녀석이 베이섬인가 하는 녀석일까?!”

“그럴 가능성은 적을 것 같지만….”

“정의를 구현한답시고 널 따라다니는 왕족도 있었는데 복면을 뒤집어쓰고 밤중에 돌아다니는 영주 일족이 있다고 해도 이상할 것 없잖아.”

“으음… 그리고 보니 확실히….”

“그렇지?”

“어쨌거나

지금은 뒤를 캐는 게 우선이야.

쇠뿔도 단김에 빼라고 했으니 당장 탐문 조사에 착수하자!”

“저기, 리나.”

“왜?”

“뒤를 캐겠다고… 별안간 성에 침투하는 건 좀 거친 방법 같은데….”

검은 옷과 검은 복면으로 몸을 감싸고 어두운 곳에 몸을 숨긴 채 가우리는 작은 목소리로 중얼거렸다.

그렇다.

우리 두 사람은 여러 제반 사정으로 성에 잠입할 결의를 굳힌 것이다.

늦은 밤, 거리 저편에는 달과 하늘에 가득한 별을 배경으로 어슴푸레하게 서 있는 성의 윤곽선이 보인다.

"이제 와서 무슨 소리야? 잠입한다고 했을 때는 너도 좋다고 했잖아!"

"잠입한다고 듣긴 했지만 행선지가 성이라는 말까진 듣지 못했어!"

"당연하지. 말 안 했으니까."

"그렇군…."

태연한 내 말에 지친 어조로 중얼거리는 가우리.

오늘 낮.

루크가 삐져서 돌아간 뒤 나는 마을 사람들에게 이것저것 물어보고 다녔다.

그래서 알게 된 게 몇 가지.

첫째, 영주의 가족 중에는 베이섬이라는 인물이 분명 있다는 것.

둘째, 라바스 대행이 이 마을에 나타난 건 최근의 일이라는 것.

그때까지 마을 사람들은 라바스의 '라'도 들은 적이 없었기에 마을에선 라바스가 영주의 숨겨놓은 자식이 아닐까 하는 소문이 떠돌고 있다고 한다.

그건 둘째치고….

베이섬의 모습이 사라진 것도, 영주가 병상에 드러누운 것도, 마을 중심에 이상한 시설이 늘기 시작한 것도 라바스 대행이 모습을 드러낸 이후부터라고 한다.

그렇다면 역시 그를 의심할 수밖에 없다.

물론 반대로 라바스의 출현을 계기로 베이섬이 시시한 야망을 품었을 가능성도 부정할 수 없다.

…이리저리 탐문을 한 것치곤 정작 중요한 부분은 전혀 알 수가 없었다, 라고 생각할 수도 있지만…

여하튼 어느 쪽이 악당이든 간에, 그렇지 않은 쪽의 편을 들면서 마력검 두세 자루나 금화 200~300개 정도는 사례금으로 뜯어낼 생각이니

그런 이유로 적과 우리 편을 최대한 빨리 가려낼 필요가 있다.

"하지만 리나, 성에 잠입한다고 해서 실마리나 증거를 발견할 수 있을까?"

"몰라."

"이봐…."

"적어도 이곳저곳에 있는 이상한 시설에 무턱대고 뛰어드는 데에 비하면 단서를 발견할 가능성은 훨씬 높을 거라 생각해.

가령 어제 그 시설에도 분명 숨겨진 계단이 있었고 지하에는 키

메라가 우글거렸지만….

그렇다고 그것이 반란을 일으키려는 증거가 되는 것도 아니고, 키메라 제조의 배후에 있는 게 라바스인지 베이섬인지도 알 수 없어.

하지만 만약 반란을 꾸미고 있는 게 라바스 대행이라면 이곳에 아마 무언가 실마리가 있을 거야.

예를 들면…

우리들이 성에 잠입한 게 들통 났을 때 검은 옷들이 공격을 한 다든지."

"또 그런 무식한 방법을…."

"어디까지나 예를 들자면 그렇다는 이야기야.

나도 일부러 녀석들에게 발각될 생각은 없다고."

"그럼 다행이고….

어쨌거나 반대로 성을 뒤져 아무것도 안 나오면 반란을 꾸미고 있는 쪽은 대행이 아니라 사라진 형이 되는 건가?"

"아니면 라바스가 꽤 조심성 많은 성격이라는 말도 되겠지.

뭐, 어쨌거나…

슬슬 가보자."

나는 가우리의 손을 잡고 레비테이션 주문을 외우기 시작했다.

성에 잠입하는 자체는 그리 어려운 일이 아니었다.

여느 때와 마찬가지로 레비테이션으로 담장을 넘어 성 본관 지붕까지 간 다음, 언록 술법을 써서 사람이 없는 방의 천창을 열고 안으로 들어갔다.

─뭐, 여기까지는 문제없지만 중요한 건 지금부터이다.

만약 대행이 배후이고, 이 성 어딘가에 그 증거가 있다면 대체 어디에 그런 증거가 숨겨져 있을까?

바깥 경비는 대수롭지 않았지만 성 안에는 순시 병사도 있을 테고 중요한 장소는 당연히 꽤 엄중한 경비를 받고 있을 것이다.

그러한 경비대의 눈을 피해 사실을 알아내기란 결코 쉬운 일이 아니다.

옛날 영웅 전승가에서처럼 악당이 패거리들과 함께 나타나서 느닷없이 자신의 음모를 술술 털어놓으면 정말 편할 텐데….

확실히… 무언가의 증거를 잡을 수 있는 곳….

천창으로 새어든 달빛 속에 잠시 멈춰 서서 머리를 굴리고….

"좋아."

나는 작게 중얼거렸다.

"갈 곳이 정해졌어."

"어딘데?"

"이 성 어딘가에 있을… 병으로 누워 있는 영주의 침소."

"이봐…."

"당연히 경계는 삼엄할 테지만 자세한 이야기는 들을 수 있을 거야."

"이야기해줄 거라 생각해?"

"그건 뭐… 어떻게 이야기하느냐에 달려 있어.

나한테 생각이 있으니까 맡겨봐."

"뭐… 그렇다면야…."

그리 내키지는 않아 보였지만 일단은 납득한 모양이다.

바깥에서 나는 소리와 기척을 살피면서 나와 가우리는 문을 열고 방을 나섰다.

"왠지… 외딴 곳까지 온 것 같은데…."

그때부터 얼마 지나지 않았을 때,

인적 없는 어두운 통로에 몸을 숨긴 채 가우리는 작게 중얼거렸다.

그 뒤….

탐색을 시작한 것까지는 좋았지만 역시 경비병들이 이곳저곳을 순찰하고 있었다.

자연히 허술한 쪽만을 찾아서 나아가다 보니 나와 가우리 두 사람은 척 보아도 안 쓰이고 있는 듯한 외진 곳까지 오고 말았다.

보초병은커녕 순회 병사도 없고, 벽에 밝혀져 있는 횃불 숫자도 적어서 통로의 대부분은 어둠이다.

"뭐… 다소 그런 감도 없지는 않지만…

이 경우엔 어쩔 수 없잖아!"

"순회 병사들을 모조리 네 술법으로 재우는 건 어때?"

"항상 나더러 거칠다고 하는 주제에 너도 꽤나 거친 방법을 생각해내는구나, 가우리.

가령 눈앞에 있는 순회 병사를 재우고 그 자리를 돌파했다고 해도 말이지.

우리들이 떠난 뒤에 다른 병사가 와서 자고 있는 동료를 발견한다면 바로 비상이 걸린다고.

그렇게 되면 우리들은 꼬리를 말고 후퇴할 수밖에 없어.

그래선 말이 안 되잖아."

"아니…, 그건 그렇지만…

인적 없는 곳만 얼쩡거리는 것도 말이 안 되는 것 같다는 느낌이 드는데…."

헉…! 가우리치곤 날카로운 지적!

"그… 그건 그래. 어쨌거나 일단 장소를 옮기자."

말하고 나서 두 사람은 다시 이동을 개시했다.

방금 왔던 쪽으로 돌아가면 순회 병사들이 있다. 안전해 보이는 이쪽으로 가서 다른 길을 발견하는 방법으로 갈까?

그렇게 어두운 통로를 무작정 나아가기를 얼마 정도 한 끝에.

"……?"

나와 가우리 두 사람은 동시에 발길을 멈추었다.

두 사람이 걷던 통로는 얼마 지나지 않아 좌우로 갈라졌다.

그중 이쪽에서 보아 오른쪽.

그곳에 인기척이 있었다.

만약 사람이 있다면 주위가 좀 밝아도 괜찮을 법한데 역시 통로는 어두운 그대로.

매복이라는 말도 한순간 머리를 스쳤지만 그것치곤 상대가 기척을 죽이고 있는 낌새가 없었다.

흐음….

어둠 속에서 나는 머리를 굴렸다.

누군가가 있다면 당연히 그곳에는 사람이 있어야 할 이유가 있다.

설마 우리들 외에 다른 침입자가 동시에 잠입해서 기척도 죽이지 않고 이런 곳에 가만히 있는 긴 아닐 터이고.

누군가가 밀담을 하고 있는 것치곤 이야기 소리도 들리지 않는다.

그렇다면 대체…?

머릿속에서 모락모락 피어오르는 호기심.

그렇다면 직접 가서 확인해보는 수밖에!

섣불리 접근하면 그곳에 있는 누군가가 눈치를 챌 우려가 있지만 다행히 이 부근까지 순찰병이 돌고 있는 낌새는 없으니 그 방법도 가능.

나는 속으로 작게 주문을 외우고…

"슬리핑!"

작은 목소리로 주문을 해방했다.

그 얼마 후….

"우… 아…."

"음…."

통로 끝 기척이 있는 쪽에서 작은 신음 소리가 둘. 그리고 무언가 쓰러지는 소리.

—좋아.

가우리에게 눈으로 신호를 보내고 두 사람은 통로를 나아갔다.

모퉁이를 돈 그곳에는 내 술법으로 바닥에 쓰러져 잠든 병사 두 사람.

그들 바로 옆에는 작은 문이 하나.

허술한 문과 장소를 감안하면 잡동사니 창고로 보이는데 그런 곳을 아무리 두 사람뿐이라고 해도 병사가 지키고 있을 거라고는 생각하지 않는다.

"뭐지? 이 방."

"글쎄….

대체 무엇을 몰래 지키고 있는지는 모르지만… 들어가보면 곧 알 수 있을 거야."

그렇게 말하고 나는 문손잡이를 잡았다.

열쇠는 채워져 있지 않았다.

끼익….

문은 작게 삐걱 소리를 내며 열렸다.

탁하고 퀴퀴한 공기 냄새.

방 안에는 어두운 불빛이 밝혀진 등불 하나와 낡은 베일이 드리운 침대가 하나.

그리고 그 침대에는 비쩍 마른 노인 한 사람이 잠들어 있을 뿐이었다.

우리들의 침입에도 눈을 뜰 낌새조차 없었고 병든 사람 특유의 불규칙한 숨소리를 내고 있었다.

하지만… 어째서 환자를 이런 곳에?

전염병이면 보초를 둘 리도 없는데….

"음…?"

나는 그 할아버지의 안색에서 어떤 낌새를 느끼고 접근했다.

맥을 짚고 피부 상태를 조사하고 입에 코를 갖다대어 냄새를 맡아본다.

"이봐, 뭐하는 거야? 할아버지를 조사한다고 뭘 알 수 있겠어?"

"일단… 이 사람이 독에 중독되어 있다는 건 알겠어."

"뭐…?!"

내 말에 신음하는 가우리.

"서서히 효과가 드러나는 독을 조금씩 먹은 것 같아.

완전히 그 증상이야.

아무리 접근하지 않는 방에 중독된 사람이 갇혀 있고 문 앞에는 보초가 두 사람.

그렇다는 말은….""

"그렇다는 말은?"

"아직 추측에 불과하지만… 이 사람이 '병상에 누워 있는' 현 영주인 것 같아."

"자… 잠깐만!"

당황해서 소리를 지르는 가우리.

"만약 이 할아버지가 영주라면…… 그건 대체 어떻게 된 일이지?"

"라바스 대행이 거짓말을 하고 있다는 뜻이야."

나는 낮은 목소리로 말했다.

만약 라바스의 말처럼 반란을 꾸미고 있는 게 베이섬이라면, 라바스가 영주에게 독을 먹일 이유가 없고, 약해진 영주를 성 안 외딴 곳에 가두지도 않을 것이다.

그러나 이 가정은 어디까지나 이 할아버지가 영주라면 그렇다는 이야기.

일단 확인하려면….

본인에게 묻는 게 가장 **빠르다**.

나는 할아버지의 어깨를 잡고 몸을 작게 흔들었다.

눈을 뜨고 큰 소리를 내면 성가시지만 상대의 입을 다물게 하는 방법을 생각해두고 있다.

스스로를 국왕의 밀정이라 칭하고서, 반란이 일어날지도 모른다는 소문을 듣고 조사 중이니 큰 소리를 내면 좋지 않다고 말해서 입을 다물게 하는 거다.

물론 거짓말이지만 내가 아는 모 나라의 공주가 만약 이 자리에 있다면 '정의를 위해선 수단과 방법을 가리지 않는다!'고 말했을 것이다. 아마도.

그러나….

그런 것에 골머리를 썩일 것도 없이 할아버지는 아무리 흔들어도 눈을 뜰 낌새조차 없었다.

"틀렸어, 이래선…."

아무래도 단순히 잠들어 있는 게 아니라 쇠약해져서 혼수상태에 빠져 있는 모양이다.

"어떻게 할 거야?"

"지금은 그냥 내버려두자."

"내버려두는 건 좋지만…. 그럼 이제 어디서 뭘 조사할 건데?"

"글쎄. 일단 이 방을 지키던 보초 한 명을 깨워서 사정을 듣는 건 어때?

넌지시 떠보는 거야. 정말 이 할아버지가 영주라면, 영주의 지위를 강탈하고 군비 증강을 하고 있는 장본인은 라바스가 맞아."

"그렇구나. 그럼 당장…."

나와 가우리가 문을 통해 복도로 나갔을 때….

"너희들?!"

그 순간 복도 저편에서 귀에 익은 목소리가 들려왔다.

익?!

당황해서 그쪽을 돌아보니….

대체 어째서 이런 곳까지 왔는지 루크와 미리나 두 사람의 모습이 있었다.

3. 솔라리아의 밤에 싸움의 꽃이 피다

"웬 놈이냐! 꼼짝 마라!"

말이 끝나자마자 루크는 검을 뽑아 들고 우리 쪽으로 달려왔다!

이익?!

엉겁결에 반사적으로 반대편으로 달려가는 나와 가우리.

"도망치지 마! 너희들!"

말도 안 되는 소리를 지껄이면서 뒤를 쫓아오는 루크.

칼을 든 녀석이 무시무시한 얼굴로 쫓아오는데 안 도망칠 사람 있으면 나와 보라고 그래.

하지만 우리도 꽤나 수상하다는 건 사실이다.

우리 두 사람은 얼굴을 가린 상태였고 차림도 여느 때와는 다르다. 갑옷 차림은 아니지만 일단 검은 소지하고 있다.

병사 두 사람이 쓰러져 있고 그 옆에는 수상한 차림의 인물이 두 사람.

루크가 다짜고짜 검을 뽑아 든 게 이해가 안 가는 바는 아니다.

그러나 문제는 앞으로 대체 어떻게 할까 하는 것.

이대로 냉큼 도망쳐야 할까, 아니면 정체를 밝히고 설득을 해야 할까.

—도망치자.

나는 선뜻 마음을 굳혔다.

루크가 큰 소리를 지르며 달리고 있는 이상, 머지않아 다른 병사들도 이곳으로 달려올 것이다.

그 와중에 루크와 미리나에게 사정 설명을 하고 있을 틈은 없다.

여기에서는 일단 도망치고 내일이라도 어떻게든 두 사람과 접촉해서 사정을 설명하면 된다.

그리고 도망칠 방법은….

나는 속으로 주문을 외웠다.

"담 브라스[振動彈]!"

그리고 돌아서면서 주문을 한 방!

콰아앙!

조준대로 나의 공격은 나와 루크 사이에 있는 천장을 박살 냈다.

"우왓?!"

무너지는 천장을 피해 루크는 몇 발짝 뒤로 물러섰다.

그 틈에 나는 주문을 외우고 가우리의 손을 잡았다.

"레이 윙!"

고속비행 술법으로 지붕에 뚫린 구멍을 통해 지붕 위로 나가서 착지한다.

그대로 단숨에 도망치면 좋겠지만 이 레이 윙은 속도와 고도, 운반 중량의 총합이 술자의 마력량에 비례한다. 가우리를 데리고 있는 이상, 아무리 기력을 짜낸다고 해도 지붕 위까지 올라가는 게 고작이다.

증폭판의 레이 윙이라면 손쉽게 날아갈 수 있지만 아까 상황에선 증폭용 주문까지 외울 틈이 없었다.

어쨌거나 지붕 끝에서 일단 술법을 풀고 나는 증폭 주문을 외우기 시작했다.

——4계의 어둠을 다스리는 왕이여

　그대 한 조각의 인연에 따라

　그대들 모두의 힘으로

　나에게 더 큰 마력을 부여하라——

매우 간단한 주문에 응해 나의 목과 양쪽 손목, 그리고 허리띠 버클에 달린 데몬 블러드의 탤리스먼이 빛을 내뿜었다.

그리고 뚜렷이 느낄 수 있을 정도로 내 전신에 마력이 가득 찬다.

계속해서 레이 윙의 주문.

"거기 서지 못해!"

그러나 그 주문 영창이 끝나기도 전에.

레비테이션이라도 썼는지 지붕 위로 모습을 드러내는 루크와 미리나.

이익! 정말 끈질기네!

루크는 지붕 위를 달려서 다가오더니—

우리가 있는 곳에 도착하기 바로 직전.

내 주문이 완성되었다!

"레이 윙!"

아까와는 비교도 안 되는 속도로 나와 가우리는 밤하늘로 비상했다.

이대로 단숨에 따돌리면….

"리나! 쫓아오고 있어!"

"뭐어어어?!"

가우리의 말에 나는 놀라 소리쳤다.

"거짓말이지?! 요전번엔 검은 옷들에게 따라잡혔는데 이번엔 루크와 미리나한테까지?!"

"별로 안 빨라, 이 술법."

"농담 마! 보통 마법사가 쓰는 술법으론 절대로 따라오지 못한다고!"

"하지만 실제로 따라오고 있어, 저 녀석들….

아… 그렇게 된 거였군!"

"뭐가?!"

"어젯밤은 검은 옷에게 네 술법이 전혀 안 통하던데. 너, 그날 맞지?!"

"아니야아아아!"

무심코 절규하는 나.

물론 가우리의 말처럼 도망쳐야 하는 장면, 쓰러뜨려야 할 장면에서 나는 번번이 그러지 못했다.

그렇다고 내 마력이 떨어졌느냐 하면 그렇지도 않다.

레이 윙의 속도도, 아까 천장에 작렬한 담 브라스의 위력도 여느 때와 똑같다.

다시 말해… 상대가 강하다는 말이다.

가령 평범한 레이 윙으로 지금 나의 증폭판 레이 윙을 따라잡기란 분명 불가능하지만 주문 수정 등 무언가의 방법으로 술법 그 자체를 강화한다면 불가능한 일은 아닐지도 모른다.

실제로 루크와 미리나는 여러 가지 숨겨진 기술을 가지고 있기도 했고….

뭐, 그런 것들은 나중에 루크 일행에게 물어봐야겠다.

일단 한시라도 빨리 루크와 미리나에게 사정을 설명하는 게 우선이다.

성에서 꽤 떨어진, 마을을 갈라놓는 담장 앞. 인적이 없어 보이는 장소에서 술법을 해제하고 내려서는 나.

이윽고 머지않아.

따라온 루크와 미리나가 우리의 옆에 착지했다.

언뜻 보기에 미리나가 루크의 손을 잡아끄는 형태로 날아왔는데, 두 사람 모두 레이 윙을 써서 서로의 술법을 증폭시키는 형태로 속도를 강화한 것이리라.

─뭐, 그건 둘째치고.

그만해! 두 사람!

내가 그렇게 소리를 지르기도 전에.

겹친 루크의 오른손에서 마력의 빛이 만들어졌다!

야, 너?!

"각오해라! 너희들!"

다짜고짜 외치고 루크는 빛을 집어 던졌다!

빛은 허공에서 분열해서 무수한 작은 광탄으로 변해 나와 가우리에게 쏟아졌다!

"우아아아아아아아앗!"

파직! 파지지지직!

황급히 그 자리를 피한 나와 가우리 두 사람의 발치에서 무수한 빛이 작렬했다.

한 발 한 발의 위력은 그리 대단해 보이지 않았지만 일부러 몸으로 체감해볼 생각은 없다.

"도망치지 마!"

"잠깐 내 말 좀 들어어어!"

나는 루크 쪽으로 몸을 돌리고 얼굴을 가린 천을 걷으며 말했다.

"나야! 나!"

"뭐…?!"

역시 놀란 표정으로 한순간 움직임을 멈추는 루크.

한편 미리나 쪽은 우리의 얼굴을 보고서도 여느 때처럼 무표정.

혹시 그녀는 이미 눈치채고 있었던 걸까? 우리들의 정체를.

"너희들…!"

한편 조금도 눈치채지 못했었는지 놀란 목소리를 내는 루크.

"드디어 악의 길에 들어선 거냐?!"

"어째서 그렇게 되는 거야?!"

"듣기 싫어! 받아랏!"

루크가 다시 손바닥에 빛의 구슬을 만들었을 때였다.

"이야기 정도는 들어주는 게 어때?"

귀에 익은 목소리가 끼어든 건 바로 그때였다.

"누구냐?!"

우리들에 대한 공격을 중단하고 주위로 시선을 돌리다가

루크의 눈이 어느 한 점에서 뚝 정지했다.

그쪽으로 눈길을 돌리자 담벼락에 가까운 지붕 위에 홀연히 서 있는 그림자 하나.

저건… 지난번의 그 복면 남자!

"거기 검은 머리, 너는 라바스의 야망을 알면서도 그렇게 행동하는 거냐?"

"뭐라고?!"

갑작스런 복면의 말을 듣고 동요한 기색을 보이는 루크.

"라바스의 야망이라니… 그게 무슨 뜻이냐?!"

"베젤드에서 싸웠던 검은 옷들의 배후가 라바스일지도 모른다는 소리야!"

이번엔 내가 옆에서 끼어들었다.

"정말이야?!"

"그걸 잘 모르겠기에 잠입해서 조사한 거라고!"

"말해두지만 라바스가 벌이는 일은 단순히 군비 증강이 아니다."

복면은 힐끔 주위에 시선을 돌렸다.

"하지만 지금은… 설명하고 있을 때가 아닌 것 같군."

부스럭….

복면의 말과 거의 동시에 우리 일동의 주위에 여러 기척이 생겨났다.

그렇구나. 나와 가우리의 뒤를 쫓아온 게 루크와 미리나뿐만은 아니었던 거야….

마치 그림자가 형태를 지니고 솟구치는 것처럼, 이곳저곳에서 천천히 몸을 일으킨 건 눈에 익은 검은 옷들의 모습. 그 숫자는 열을 훌쩍 넘었다.

"방심하지 마라."

주위에 경계하는 눈길을 돌린 채 복면 남자가 말했다.

"이중 몇은 아마 사람과 데몬의 합성체일 테니까."

뭐…?!

갑작스런 발언에 무심코 나는 복면 쪽을 돌아보았다.

동요한 기색을 보인 건 나뿐만이 아니었다.

"너…! 대체 누구냐?! 뭘 어디까지 알고 있지?!"

당황해서 묻는 검은 옷의 말은, 복면의 말이 옳다는 걸 증명하고 있었다.

그랬구나! 자인이 전에 비해 갑자기 강해진 것과 내 증폭판 레이 윙이 따라잡힌 건… 데몬과 합성된 것 때문이었어!

그러나 만약 그 말이 사실이라면, 꽤 위험한 상대라는 얘기가 된다.

전에 녀석들은 느닷없이 주문을 쏘기도 했고 내 술법을 맨손으로 막기도 했는데, 그게 나 몰래 주문을 외우고 있었던 게 아니라 통상적인 주문이 통하지 않는 거라고 한다면….

"복면은 산 채로 붙잡아라. 나머지는… 죽여버려."

말과 동시에 검은 옷들이 움직였다!

그중 하나가 담벼락 위로 뛰어올라 손에 빛의 창을 만들어서 쏘았다.

목표는… 지붕 위에 있는 복면!

그러나 복면은 당황하지 않고 오른손을 조용히 앞으로 내밀었다.

"바스 그루드[靈光壁]."

마치 그렇게 나올 줄 알고 있었다는 듯 작은 방패 정도 크기의 마력 장벽을 만들었다.

투웅!

검은 옷이 쏜 일격은 그것에 부딪히자 허무하게 사라졌다.

"아닛?!"

동요하며 한순간 움직임을 멈추는 검은 옷.

한순간의 방심이 목숨을 좌우하는 법! 나는 이미 주문을 다 외운 상태였다!

"블래스트 애시!"

촤악!

담벽 위의 검은 옷은 비명도 지르지 못하고 한순간에 검은 먼지로 변했다.

"상대를 얕보지 마라!"

검은 옷 한 사람의 질타가 울려 퍼졌다.

이 목소리는… 자인?!

"먼저 너부터다! 리나 인버스!"

자인으로 보이는 검은 옷이 나를 향해 달려들었다.

하지만! 내가 있는 곳까지는 조금 거리가 있다. 내 빠른 입을 얕보면 곤란하지!

내 주문이 완성된 건 자인이 아직 검의 사정거리 밖에 있을 때였다.

"블래스트 애시!"

상대의 궤도를 읽고 나는 술법을 해방했다.

내가 쓸 수 있는 마법 중에서 유효 범위가 넓고 어느 정도 내마 능력을 가진 상대에게도 통하는 술법은, 이것과 드래곤 슬레이브 정도뿐이다.

하지만 아무리 그래도 마을 안에서 드래곤 슬레이브를 쓸 수는 없는 일.

순간, 검은 무언가가 목표한 공간을 감싸더니 펴졌던 검은 빛이 사라진 후, 그 공간 안에 있던 상대는 검은 먼지가 되어 흩날려갔다.

자인이 있던 공간에 '검은 빛'이 펼쳐지더니 그것이 사라진 후에는—

아무것도… 없었다.

——?!

"리나?!"

가우리의 목소리가 난 것과 거의 동시에 등줄기에서 섬뜩한 기운을 느끼고 나는 즉시 앞으로 도약했다.

촤악!

뒤를 무언가가 스쳐 지나갔다.

황급히 거리를 벌리고 돌아보니 그곳에는 검을 거머쥔 검은 옷의 모습.

복병일 리는 없었다. 그 검은 옷이 서 있는 장소는 우리들과 루크 일행의 안쪽이었으니까.

그렇다면 설마….

"이 녀석…, 갑자기 튀어나왔어!"

루크의 외침이 내 상상을 뒷받침했다.

"그게 네 능력이야?! 자인!"

"그런 셈이다."

내 말에 검은 옷은 조용히 대답했다.

역시….

자인은 내가 술법을 발동시킴과 동시에 내 뒤로 이동해 뒤쪽에서 칼을 휘두른 것이리라.

공간을 뛰어넘어서.

어젯밤 싸움에서 자인이 보인 이상한 움직임도 그 능력을 감안하면 설명이 된다.

공간을 뛰어넘는 이 능력은 어느 정도 힘을 가진 순마족이 가끔 보여주는 기술이다.

하지만… 아무리 데몬과 합성되었다고 해도 인간의 몸으로 그럴 수 있다니!

아마 합성에 의해 생긴 마력과 인간의 마법 기술을 합쳤기에 가능한 기술이겠지만….

여하튼 엄청 성가시게 됐다.

방금 뒤쪽에서 날아온 공격은 간신히 옷이 긁힌 정도로 피했지만 다음에도 그렇게 피할 수 있을 거라곤 장담할 수 없다.

그리고 복면의 말대로라면, 이런 기술을 쓸 수 있는 게 자인 한 사람만은 아니라는 소리다.

게다가 숫자는 상대가 우리의 배 이상. 적의 절반 이상이 보통 인간이라고 해도 겉보기만으로 그것을 구분할 수 있는 방법은 없다.

아무래도 이번엔… 좀 힘든 싸움이 될 것 같다.

자신의 능력에 우리들이 당황하고 있는 틈에도 다른 검은 옷들은 우리와의 거리를 좁히고 있었다.

우리 다섯 사람이 연계만 어떻게 잘한다면….

생각한 그 순간.

탁!

복면은 별안간 지붕을 박차고 담장 위로 이동하더니 다시 한번 도약해서 담장의 반대쪽인 다른 구획으로 모습을 감추었다.

아닛! 혼자서만 도망칠 생각이냐?!

그러나 복면의 행동에 당황한 건 나뿐만이 아니었다.

"이런?!"

자신 역시 놀란 목소리를 내며 한순간 그 움직임을 멈추었다.

"라자 클로버[雷花滅擊吼]!"

그 순간 미리나가 공격주문을 쐈지만 자신은 땅을 박차고 가볍게 피해냈다.

"네 사람은 놈을 뒤쫓아라! 나머지는 이곳을 처리한다!"

자신의 말에 응답해서 검은 옷 몇 명이 복면을 뒤쫓아 담장 밖으로 사라졌다.

─그렇구나. 검은 옷들에겐 무언가를 알고 있는 듯한 복면 쪽이 더욱 마음에 걸리는 존재. 복면은 도망쳐서 적의 전력을 줄여

준 거야.

하지만 그래도 아직 숫자상으론 저쪽이 유리하니 방심할 수 있는 상황은 아니다.

이곳에 남아 있던 자인이 다시 나를 향해 달려왔다!

카앙!

은광과 은광이 맞부딪치며 날카롭고 맑은 소리가 밤하늘에 울려 퍼졌다.

끼어든 가우리의 검이 자인의 검을 막아낸 것이다.

마치 어젯밤의 결판을 내려는 듯 격렬한 칼의 응수가 시작되었다.

나도 그 광경을 느긋하게 구경하고 있을 틈은 없었다. 이곳에 남아 있던 다른 검은 옷들도 우리들에게 달려들었다.

나도 검을 뽑아 들고 달려오는 한 사람에게 자세를 취했다.

물론 그동안 주문은 외우고 있던 상태.

카앙!

달려온 검은 옷의 일격을 검으로 막아냈을 때 내 주문이 완성되었다.

"프리즈 애로!"

파앗!

내 '힘 있는 말'에 응하듯이 수십 개의 얼음 화살이 눈앞에 출현했다.

평범하게 술법을 외웠다면 출현하는 얼음 화살의 숫자는 십여 개가 고작이지만 증폭 주문을 이용하면 이렇게 된다.

"?!"

역시 이것에는 겁을 먹었는지 다가오던 검은 옷이 황급히 뒤쪽으로 물러섰다.

"GO!"

검은 옷들이 집중되어 있는 부근을 향해 나는 술법을 해방했다!

촤악!

소리를 내면서 무수한 광채가 허공을 갈랐다.

이 정도 숫자라면 거의 얼음 화살의 비이다. 어느 정도 체술이 뛰어나다고 해도 그 모두를 피할 수는 없다.

"크악!"

"우왁!"

놀란 건지 아니면 고통 때문인지, 여러 비명과 함께 검은 옷 중 두 사람 정도가 쓰러졌다.

방금 공격은… 데몬과 동화된 상대에겐 통하지 않을지도 모르지만, 검은 옷들 중에는 그렇지 않은 자도 많을 것이다. 그런 녀석을 떨구어내기 위한 것이었는데 아무래도 그럭저럭 성공한 것 같다.

나는 계속해서 주문을 외웠다.

킹! 키잉!

날카로운 금속음이 바로 뒤에서 들려왔다.

대체 어느 틈에 접근했는지 미리나가 나와 등을 맞댄 형상으로 검을 뽑아 든 채 그곳에 서 있었다.

그녀의 앞쪽… 꽤 떨어진 장소에는 검은 옷이 두 사람.

검은 옷들이 나를 노리고 던진 나이프 같은 걸 미리나가 검으로
떨구어낸 것이다.

그 검은 옷들이 다시 무언가를 던지려는 듯한 동작으로 오른손
을 치켜들었을 때.

"비겁하게 싸우지 마라!"

기합과 함께 루크의 검이 번뜩였다!

부웅!

마력검이 만들어낸 열풍에 검은 옷들은 뒤로 몇 발짝 헛걸음질
을 쳤다.

그 타이밍을 노리고 있었다는 듯.

"펠자레이트[螺光衝靈彈]!"

미리나가 쏜 하얗게 소용돌이치는 광탄이 그중 하나를 쓸어버
렸다.

제법 호흡이 잘 맞는 연계다.

동료 여럿이 간단히 쓰러져 주눅이 들었는지, 검은 옷들 몇 명
은 움직임이 둔해졌다.

하지만… 움직임에 변화가 없는 몇몇 사람들.

단지 무모한 건지, 아니면… 데몬의 능력 때문에 생겨난 자신감
인지.

확실히 검은 옷들의 숫자는 줄었지만 정말로 버거운 상대는 온전히 남아 있다고 생각하는 편이 좋을 터다.

하지만… 이런 방법은 어떨까?!

"파이어 볼[火炎球]!"

나는 외운 주문을 위로 쏘아 올렸다!

보통 이 술법은 무언가에 닿아야만 폭발하지만 이건 조금 수정이 가해진 것이다.

"브레이크!"

내가 손가락을 딱! 튕긴 그 순간.

콰아앙!

내 머리 위쪽 먼 곳에서 파이어 볼이 엄청난 소리와 함께 폭발하며 밤하늘에 붉은 꽃을 피워냈다.

이틀 전 복면 남자와 처음 만났을 때 검은 옷들은 '소란이 커진다'는 말에 겁을 먹고 퇴각했었다.

그래서 소란을 일부러 크게 벌이면 검은 옷들이 후퇴하지 않을까 생각했던 것이다.

"너! 지금 그런 한가한 짓을 할 때가 아니야!"

그런 내 생각도 모르고 불평을 늘어놓는 루크.

허나 확실히 내 일격은 검은 옷들에게 동요를 불러일으켰다.

─단 한 사람을 제외하고.

"크아아아악!"

동요한 기색이 전혀 보이지 않는 그 한 사람은, 짐승과도 같은 소리를 내며 미리나를 향해 칼을 휘둘렀다.

마치 미쳐버린 전사처럼, 그러면서도 빈틈이 없는 움직임으로 끊임없는 공격을 펼친다.

"……!"

그 연속 공격을 간신히 검으로 막아내며 미리나는 조금씩 뒤로 물러섰다.

"너! 내 미리나한테 무슨 짓이야!"

루크가 얼렁뚱땅 멋대로 된 소리를 지껄이며 그녀를 지원하고 나섰다.

"누가 '네 미리나'야."

이런 상황에서도 여전히 냉정하게 핀잔을 주는 미리나.

물론 나는 그 틈에 다음 주문을 외우고 있었다.

어떻게든 가우라나 미리나를 주문으로 엄호하고 싶지만 칼을 맞댄 상태에서 잘못 공격하다간 그 둘까지 말려들게 할 우려가 있다.

그럼 여기에선 건실하게 다른 녀석들이나 해치울까?

나는 외운 주문을….

"거기, 무슨 일이야?!"

분위기에 걸맞지 않게 목소리가 들린 건 그때였다.

돌아보니 길 끝에 모습을 드러낸 아저씨가 한 명.

아마도 소란을 눈치채고 구경 온 이웃 주민 구경꾼 1이겠지.

"……!"

가우리와 칼을 맞대고 있던 자인도 완전히 동요한 기색을 보이더니 크게 뒤로 물러서서 간격을 벌렸다.

좋아! 계산했던 대로다! 이대로 구경꾼들이 몰려들면 검은 옷들은 아마 퇴각할 터!

—그러나.

미리나와 칼을 맞대고 있던 검은 옷의 반응은 달랐다.

그녀에게서 조금 거리를 벌린 것까지는 같았지만.

"방해하지 마라."

되는 대로 지껄이고 왼손을 휘둘렀다.

그 순간.

"크악!"

단말마의 비명을 지르고 쓰러진 건 그 구경꾼 아저씨였다.

아니…?!

"무슨 짓이냐?! 조드!"

"우리 모습을 본 녀석을 죽였을 뿐이야!"

조드라 불린 검은 옷은 비난하는 목소리를 낸 자인에게 오히려 희희낙락하는 어조로 대꾸했다.

"우리 싸움을 방해하는 녀석들은 모조리 죽여버려야 해!"

"제정신이냐?! 그럼 일이 너무 커진다! 사람들이 또 몰려올 거라고!"

"오는 대로 죽이면 그만이야!"

말하고 나서 왼손을 휘둘렀다.

나를 향해!

?!

뭐라 말할 수 없는 살기를 느끼고 즉시 옆으로 피한 나.

나부낀 머리카락 한 줄기를 보이지 않는 칼이 베었다.

너 이 녀석! 내 사랑스런 머리카락을!

지금 이런 말이나 할 때가 아닌가?

아마 구경꾼 아저씨를 죽인 것과 같은 기술일 거다. 비검 같은 것이라 생각했는데….

그림자도, 빛도 보이지 않았는데 그저 내 머리카락만이 잘려나갔다.

보이지 않는 충격파….

조드는 아마 나이프 정도 크기의 그것을 왼손으로 만들어내서 던진 것이리라.

말도 안 되는 공격이다!

조드의 움직임을 자세히 지켜보고 있다가 그 공격을 하면 피하는 방법밖에 없다.

그러나 아직 다른 적이 있는 이 상황에서 조드 한 사람만을 지켜보고 있을 수도 없는 일.

그렇다면 녀석을 제일 먼저 해치워야 한다!

지금 외우고 있는 술법은 상대의 회피 능력을 고려해서 이번에도 블래스트 애시! 맞지 말고 피해, 미리나!

"블래스트 애시!"

일격을 조드의 등으로 쏘았다.

내 의도를 알아챘는지, 아니면 본능적으로 느낀 건지 조드는 순간, 앞으로 달려갔다.

그곳으로 돌진하는 루크!

좌악!

멋지게….

루크의 검은 조드의 옆구리를 깊숙이 베어냈다.

좋아! 이걸로….

하지만 기뻐한 것도 잠시.

옆구리를 베였으면서도 조드는 루크를 향해 칼을 휘둘렀다!

여태까지와 전혀 다름없이 예리하게.

"아닛?!"

카앙!

놀란 소리를 내면서도 간신히 일격을 막아내는 루크.

"너?!"

"카하하하하! 무리다! 그 정도로 난 안 죽어!"

이봐, 이봐, 이봐!

이 녀석… 엄청난 생명력이다! 어떻게든 한시라도 빨리 해치우지 않으면….

허나 우리들이 다음 행동을 취하기도 전에.

"후퇴한다!"

자인의 목소리가 주위에 울려 퍼졌다.

그에 부응해서 즉시 전선에서 이탈하는 검은 옷들.

단 한 사람⋯ 조드를 제외하고.

"조드!"

"후퇴하고 싶으면 후퇴해! 난 좀 더 이 녀석들과 싸우고 싶으니까!"

자인의 질타에 완전히 맛이 간 대사를 토해낸다.

이런 성격의 녀석에게 그런 능력을 주지 말았어야지⋯.

아니면 데몬과의 동화 때문에 성격이 이렇게 되어버린 건가?

"너의 이 제멋대로인 행동을 그분은 어떻게 생각하실까?"

움찔!

자인의 진부한 협박에 처음으로 조드는 동요한 기색을 보였다.

황급히 크게 도약해서 루크 일행에게서 거리를 벌렸다.

"아⋯ 알았어! 내가 잘못했어!"

당황한 어조로 별안간 고분고분하게 말했다.

⋯⋯?

"후퇴하자."

이번에야말로.

재차 내려진 자인의 명령에, 검은 옷들 전원이 어둠 속으로 사라져갔다.

자인 자신도 퇴각했고 그 뒤에 남은 건 우리 네 사람과 드문드문 모이기 시작한 구경꾼들.

"일단 우리도 자리를 뜨는 게 좋겠어."

"그래."

내 말에 미리나는 작게 고개를 끄덕였다.

"차분히 이야기를 할 수 있는 곳으로 가자."

"그렇군…. 그렇게 된 거였나."

내 설명이 끝난 후.

술잔을 기울이며 루크는 마음에 안 든다는 듯한 어조로 중얼거렸다.

검은 옷들과 일전을 겨루고 난 뒤.

일단 나와 가우리는 여관으로 돌아가 짐을 챙기고 담장으로 분리된 마을 중앙 구획을 떠나 루크 일행과 함께 마을 변두리에 있는 개발 도상 구획의 여관을 찾았다.

마을 정비 등은 이루어지지 않은 채 무작정 집만 지어대고 있다는 느낌이 드는 어수선한 곳이었다.

치안도 별로라는 느낌이 강해서 당연히 거칠어 보이는 녀석, 수상한 녀석 따위가 즐비했다.

그러나 그런 까닭에 몸을 숨기는 데엔 안성맞춤이라고 생각한 것이다.

그런 구획의 한구석에 있는, 그리 오래되지도 않았으면서 묘하게 낡아 보이는 여관 겸 술집으로 우리 네 사람은 장소를 옮겼다.

"그럼 이걸로 대행과 검은 옷 녀석들이 한패라는 사실이 밝혀진 셈이군."

"뭐, 그런 셈이야."

나는 야식 메뉴인 연어 샌드위치를 입에 가져가며 고개를 끄덕였다.

"칫, 완전히 우리들을 속이다니…."

루크는 분하다는 듯 중얼거렸지만 미리나는 옆에서 냉정한 목소리로 말했다.

"'우리들'이 아니야. 너뿐이지."

"뭐…?"

그 말에 루크가 어안이 벙벙한 표정으로 물었다.

"호… 혹시 대행을 믿지 않았던 거야? 미리나."

"전에 한번 말하지 않았어? 난 빨간 머리는 안 좋아한다고."

"아…, 아니…, 그건 편견이 아닐까 생각하긴 했지만…."

"하지만 대행의 호위 일을 맡은 건 너였잖아."

나는 두 사람의 대화에 옆에서 끼어들었다.

루크가 분명 그런 식으로 말한 걸로 기억하는데….

"그래. 사정이 좀 있어서."

미리나는 여느 때처럼 냉정한 어조로 담담히 일의 경위를 이야기하기 시작했다.

며칠 전 어느 날 밤.

이곳에서 조금 떨어진 마을에서 일어난 이야기인데, 루크의 끈

질긴 구애♡ 공격에 염증을 내고(본인의 이야기) 홀로 여관을 나온 미리나는 한 남자를 만났다.

그의 말에 따르면 자신은 솔라리아의 영주 랑그마이어를 모시는 사람인데 지금 영주의 지위는 어느 인물에 의해 빼앗긴 상태이고 이대로 가다간 영주 일족 모두가 살해당할 우려가 있기에 자신은 그 사실을 알리기 위해 국왕에게 가는 길인데 그동안의 호위를 부탁하고 싶다고 했다.

미리나는 그 제의를 거절했다.

물론 루크처럼 그런 따분한 일은 맡고 싶지 않다는 제멋대로인 이유에서가 아니다.

남자의 말이 거짓으로 생각되었기 때문이다.

무리도 아닌 이야기이다. 지나가는 떠돌이 전사, 게다가 의뢰를 받아줄지 어떨지도 모르는 상대에게 영주의 지위를 빼앗겼다는 사실을 보통 술술 털어놓지는 않으니까.

아마 자신들을 속이고 무언가에 이용하려는 술책이리라, 미리나는 그렇게 판단했다.

그리고….

다음 날.

그 남자의 시체가 길바닥에 쓰러져 있는 걸 보고 처음으로 그녀의 마음속에 의문이 일었다.

혹시 남자의 말이 사실은 아니었을까? 처음 보는 그녀에게 느닷없이 모든 사정을 이야기한 건 지푸라기라도 잡아보려는 심정과, 자신이 살해당했을 때 진실을 아는 사람을 남겨두려는 게 아니었을까 하고.

그리고… 그것을 확인하기 위해 미리나는 이 마을에 찾아왔다.

"하지만 그 대행이 검은 옷들의 배후라면, 잘도 너희들을 고용한 셈이구나."

미리나의 이야기가 대충 끝나자 가우리가 작게 중얼거렸다.

"이용할 수 있는 건 모두 이용하려는 거겠지."

미리나는 브랜디를 떨어뜨린 홍차를 조용히 입에 가져가며 말했다.

"성에서 이것저것 좀 더 조사하고 싶었지만 이젠 어쩔 수 없게 됐어."

"아, 혹시 성에서 우리들과 만났을 때에도 무언가 조사하고 있었던 거야?"

내 물음에 미리나는 말없이 고개를 끄덕였다.

"우리들이 잠입한 그 방에는… 할아버지 한 사람이 누워 있어. 독에 중독된 채 말야."

꿈틀.

미리나의 눈썹이 살짝 치켜 올라갔다.

"내 생각으론… 아마 그 사람이 영주 랑그마이어일 거야."

"지위를 강탈당했다는 이야기는 사실이었다는 말이군."

가우리는 복잡한 표정으로 중얼거렸다.

"하지만 그렇다면 라바스란 녀석은 대체 누구지?"

"적이라는 것만은 틀림없어."

너무나 선뜻 말하는 루크.

"하지만 그보다 마음에 걸리는 건 그 복면 남자야. 녀석은 대체 누구지?"

"음, 적은 아닌 것 같던데…."

"그건 아직 모르는 일이야. 가령 녀석이 국왕의 밀정이라면? 라바스의 음모를 밝혀내기 위해 자기들 편할 대로 우리들을 이용하고 있을 뿐일 수도 있어.

그렇다면 우리들에겐 별로 도움이 안 되겠지.

어쩌면—영주의 자식인 베이섬인가가 어딘가로 도망쳐서 살아남았고, 그 부하일 가능성도 있지.

그렇게 보면 여러 가지 사정을 알고 있는 게 이상하지 않기도 해.

하지만 만약 그렇다고 하면 우리들을 이용해먹을 대로 이용하고 라바스를 제거한 뒤엔 일을 무마시키기 위해 우리들의 입을 봉할 수도 있지 않을까?"

"그럼… 우리 편으로 생각지 않는 편이 좋다는 말이구나."

"가장 속 편한 방법은…."

루크가 머리를 긁적이면서 힐끔 미리나 쪽으로 눈길을 돌렸다.

"냉큼 이 마을을 떠나 국왕에게 사실을 통보하고 뒷일을 맡기는 거야."

"그럼 사실을 통보하러 혼자서 가든지."

"미리나아아아아."

차갑게 쏘아붙이는 미리나에게 울며 매달리는 루크.

"이제 우리는 어떻게 하지?"

내 대답을 이미 예상하고 있는지 쓴웃음을 머금고 묻는 가우리에게 나는 미소를 지으며 대답했다.

"어떻게 하긴! 나한테 싸움을 건 녀석은 누가 됐든 가만 안 둬!"

"정해졌구나."

변함없는 어조로 말하는 미리나.

루크도 부활했는지 역시나 쓴웃음을 머금었다.

"그럼 조금 소란이 가라앉기를 기다렸다가 반격하자."

"그게 무슨 미적지근한 소리야"

나는 마지막 샌드위치 한 조각을 입에 털어 넣고 일어섰다.

"지금부터 돌입해야지."

솔라리아의 밤은 전에 없이 소란스러웠다.

이틀 연속 소동이 일어났으니 소란스러운 것도 당연하다면 당연하다.

우리들이 싸웠던 부근은 거리에 구경꾼들이 빼곡했고 구경꾼 통제와 현장 조사로 인해 경비병들이 우왕좌왕하고 있었다.

그런 광경을 내려다보며 우리들은 밤하늘을 날고 있었다.

목적지는 나와 가우리가 맨 처음 잠입했던 그 신전풍 시설.

그때와 다른 게 있다면 일단 인원수가 늘었고, 무엇보다도 지금은 조사가 아니라 싸움을 걸러 간다는 것.

아마 그곳 지하에는 꽤 중요한 시설이 있을 것이다. 어쩌면 자인이나 조드 같은 반인반마를 만들어내는 시설일 가능성도 있다.

그것을 확인하고 때려 부순다.

물론 냉큼 결판을 내려고 한다면 이대로 성에 가서 라바스를 추궁해서 자백을 받아내고 때려눕히는 방법도 있다.

솔직히 말해 나는 당초 그쪽을 제안했지만 미리나가 이의를 제기했다.

상황으로 판단해볼 때, 라바스가 수상하다는 건 틀림없지만 결정적인 증거가 없다는 것 또한 사실.

만에 하나 라바스가 배후가 아닐 경우 돌이킬 수 없다는 게 그녀의 의견이었다.

그렇게 된 경우 '미안, 잘못 짚었나봐♡ 헤헤♡'라고 얼버무리자는 내 의견은 미리나에 의해 차갑게 기각당했다.

그래서 공격 목표가 각 시설로 변경된 것이다.

라바스가 배후든 아니든, 이곳이 검은 옷들에게 중요 거점이라는 것만은 틀림없는 사실이다.

적 전력에 타격을 주고, 또한 운이 좋으면 확실한 배후와 반란 증거를 발견할 수 있을지도 모른다.

그리고 자인 일당도 어쩌면 지금쯤 '배후'에게 경위를 보고하러 갔을지도 모른다.

소란이 일어난 지 얼마 되지 않았기에 설마 우리들이 반격할 것으로 생각지 않을 테고, 그래서 시설 경비도 조금은 허술해졌을지도 모른다. 이 기회를 놓칠 수는 없는 일.

"저기 보여!"

바람의 결계 안에서 나는 작게 중얼거렸다.

돔 지붕의 신전풍 건물.

술법을 제어해서 나는 그쪽으로 향했다.

밤의 어둠과 주위를 둘러싸고 있는 바람의 결계 때문에 또렷이 보이지는 않지만, 경비병 숫자도 전에 왔을 때보다 적어진 듯한 느낌이다.

우리 네 사람은 지붕 위에 내려섰다.

"미리나, 바람의 결계 좀 쳐줘."

뭘 하려고?"

"소리 차단."

그 한 마디로 내 생각을 알아챘는지 그녀는 주문을 외워 우리 네 사람을 감싸는 바람의 결계를 쳤다.

그리고….

"담 브라스!"

쾅!

내가 쏜 일격이 발밑의 지붕을 박살 냈다!

꽤 성대한 소리가 났지만 주위에 쳐진 바람의 결계가 소리를 거의 없앨 것이다.

우리들은 부유술을 써서 뚫린 구멍을 통해 조심스럽게 건물 안으로 내려섰다.

전에 왔을 때와 마찬가지로 주위는 온통 어둠. 그러나 지금은 다소 눈에 띄게 행동해도 문제없다.

내가 라이팅의 주문을 외우려던 바로 그때.

콰당!

"무슨 일이냐?!"

"너희들은 대체?! 꼼짝 마라!"

밖으로 난 문이 열리고 제각각 외치면서 몰려드는 경비병들.

"어… 어째서?! 소리를 차단했는데?!"

"잔해가 안으로 떨어질 때 소리가 들린 거 아냐?"

내 외침에 냉정하게 중얼거리는 루크.

아… 그리고 보니….

그 결계와 특성상 지붕 바깥에서 난 소리는 막을 수 있어도 잔해가 건물 안으로 떨어져서 울려 퍼지는 소리까지는 차단할 수 없었을 테니

…꽤 엄청난 소리가 났을지도 모른다.

—하지만 지금은 지나간 일을 후회해봤자 소용없는 일!

나는 서둘러 주문을 외우고 늘어선 긴 의자 쪽으로 돌아가서 몰려오는 병사들에게 외쳤다.

"슬리핑!"

털썩! 털썩! 털썩! 그 자리에 쓰러지는 병사들.

바로 곯아떨어지는 걸 보니 이 병사들 중에는 자인이나 조드 같은 반인반마는 섞여 있지 않은 모양이다.

병사들은 계속 들어왔지만 나와 미리나의 주문이 모조리 그들을 재워버렸고, 술법을 피해 접근한 병사들은 가우리와 루크의 공격에 간단히 기절했다.

이윽고 얼마 지나지 않아.

예배당 안으로 돌입하는 병사들은 사라지고 주위에는 쓰러진 병사들만 하나 가득 쌓여 있게 되었다.

전에는 이곳에도 검은 옷이 두 사람 정도 있었는데 좀 전의 습격에서 아직 돌아오지 않은 건지, 아니면 다른 이유가 있는 건지 아직 모습을 드러낼 낌새는 없다.

어쩌면 지하에 있는 본 시설 쪽에서 대비를 하고 기다릴지도 모르지만.

어쨌거나 나는 다시 한번 주문을 외우고….

"라이팅!"

파앗.

천장을 향해 쏜 불빛은 하늘하늘 허공으로 떠올라서 건물 안을 비추었다.

늘어서 있는 긴 의자들. 중앙에는 통로. 정면에는 신상 앞에 위치해 있는 위풍당당한 제단.

이 정도면 충분히 실제 예배당으로 이용할 수 있다. 섣불리 경비 같은 걸 하지 않았다면 나도 이곳이 무언가의 위장일 거라곤 생각하지 않았을 것이다.

아마 어딘가에 숨겨진 문 같은 게 있겠지만 그런 걸 구태여 찾을 필요는 없다.

나는 속으로 주문을 외우고….

"담 브라스!"

콰앙!

증폭한 주문을 다짜고짜 통로 바닥에 내던졌다!

바닥이 박살 나고 남은 것은… 단순한 땅바닥.

"칫… 이곳이 아니었나?"

운이 좋으면 한 방에 지하 시설로 가는 통로를 낼 수 있을 줄 알았는데.

나는 계속해서 주문을 외웠다.

"이봐, 이봐, 설마 지금처럼 되는대로 주문을 집어 던질 생각은 아니겠지?"

어이없다는 어조로 묻는 가우리.

물론 그런 짓을 할 생각은 없다.

드러난 땅바닥에 손바닥을 대고 외친다.

"베피스 브링[地精道]!"

터널을 내는 주문으로 땅에다 가늘고 긴 구멍을 뚫었다.

이 주문을 여러 번 써서 여기저기에 터널을 뚫으면 지하 시설이 있는 장소를 금방 찾을 수 있다는 생각에서였다.

그러나 두 번째 주문을 외우기도 전에….

"찾았다."

밑에서 뚫린 터널 쪽에서 빛이 새어 나왔다.

아무래도 시설은 조금 깊은 곳에 숨겨져 있었던 모양이다.

다시 한번 주문을 외워서 구멍을 넓힌 다음.

"아… 잠깐…."

레비테이션 같은 걸로 들어가려다가 문득 생각을 고쳐먹고 나는 다른 주문을 외웠다.

터널 안쪽을 향해서 외친다.

"파이어 볼!"

콰앙!

터널 안에서 치솟은 불꽃이 가라앉은 순간을 노려 루크와 미리나 두 사람이 레비테이션 술법으로 내려갔다.

그 얼마 뒤 레비테이션으로 두 사람을 따라가는 나와 가우리.

내려선 곳은 아무것도 없이 그저 똑바로 뚫린 통로였다.

흰 벽의 일부가 방금 내 파이어 볼에 의해 검게 그슬려 있었다.

내려선 곳에 적이 숨어 있을지도 모른다고 생각해서 만약을 위해 쏜 일격이었는데 아무래도 근처에 적은 없는 모양이다.

물론… 방금 전 그 소리로 몰려들 가능성은 있지만.

어쨌거나 이런 곳에서 적이 튀어나와 마법 같은 것으로 공격하면 모든 게 허사가 된다. 그렇다면 한시라도 빨리 장소를 이동하는 게 상책.

나는 다시 주문을 외웠다.

"담 브라스!"

콰앙!

일단 감에 의존해서 한쪽 벽에 술법을 해방했다.

―한 번에 당첨!

벽에는 구멍이 뻥 뚫렸고 그 안쪽에는 꽤 넓은 공간이 있었다.

내부를 제대로 확인하지도 않고 뛰어들어보니….

"뭐… 뭐냐?!"

꽤 넓은 방 안에는 마법사 차림을 한 사람이 도합 다섯 명. 완전히 당황한 표정으로 겁을 집어먹은 시선을 우리 쪽으로 돌리고 있었다.

마법사라고 해도 겉모습과 태도로 보건대 공격주문을 구사하는 타입이 아니고 연구 일변도 타입인 것 같지만.

그 방에 있는 건 마법사뿐만이 아니었다.

아니―이 경우, 상대는 사람이라기보다 생물이라고 표현해야 적절할까?

수십 개의 키메라 제조용 크리스털 관도 함께 있다.

'생명의 물'이 차 있는 그 안에는―

놀랍게도 사람과 데몬을 합성한 실험의 '결과물'인지, 반은 인간이고 반은 레서 데몬의 모습으로 떠 있는 남자, 머리 아래쪽이 이상한 형태를 하고 있는 여자가 있었다.

그리고 전신이 뒤틀려 있는 어린아이도.

그 안에 떠 있는 사람들이 적어도 스스로 원해서 실험 대상이 된 게 아니라는 사실만은 알 수 있었다.

"너희들!"

루크는 분노의 외침을 지르고 가까이 있는 마법사 한 명의 멱살을 붙잡았다.

"우… 우아아앗!"

우리들이 들어온 반대편… 다시 말해 문 쪽에 있던 마법사 한 명이 황급히 문손잡이로 손을 뻗었을 때….

푸욱!

그 등에 루크가 던진 검이 꽂혔다.

주룩….

마법사의 몸은 힘을 잃고 문에 기댄 채 무너졌다.

"움직이면 죽여버리겠어."

루크의 조용한 목소리에서 살기를 느끼고 마법사들은 그 자리에 얼어붙었다.

그는 다시 멱살을 잡고 있던 마법사에게 시선을 돌리고 말했다.

"전부 이야기해라. 싫으면 손가락을 하나씩 부러뜨리겠어. 그래도 이야기하지 않으면 죽이고 다음 녀석에게 묻겠다."

정말로 그렇게 할 것 같은 눈이었다. 아마 내버려두면 그렇게 할 것이다.

그러나 우리 역시 이 크리스털 관 안을 본 이상, 루크를 말릴 생각은 들지 않았다.

"아… 알았어! 이야기할게!"

함구해봤자 소용없다는 걸 깨달았는지, 아니면 그저 근성이 없을 뿐인지 마법사는 곧 우는소리를 냈다.

"우리들은… 이곳에서 실험을 하고 있었어! 아스트랄 사이드에서 소환한 데몬을 인간에게 빙의시키는 실험이야!"

음…?

마법사의 말을 듣고 무언가 내 마음속에 걸리는 게 있었다.

"아직 자아가 확립되지 않은 어린아이에게 빙의시키면 어떻게 되는지, 남자와 여자, 어른과 어린아이는 각각 어떤 능력, 적성, 겉모습의 변화를…."

"연구 내용 따윈 아무래도 좋아."

공포에 내몰린 마법사의 비명에 가까운 말을 루크의 조용한 목소리가 가로막았다.

"누구의 명령이냐?"

그 물음에 마법사는 한순간 주저하는 기색을 보이더니 결국은 대답했다.

"라… 라바스 님이야."

역시.

"그렇군…. 그래서 너희들은 영주 대행의 명령으로 이런 끔찍한 인체 실험을 하고 있었던 거냐?"

"며… 명령이었어! 내… 내 잘못이 아니라고!"

"호오…."

전혀 반성하는 기색이 없는 마법사의 말에 루크의 표정이 한순간 험악해졌다.

"저기 있는 여자와 어린아이가 자원해서 실험 대상이 된 건 아니겠지? 명령이라면 누구에게 무슨 짓을 해도 괜찮은 거냐?

그럼 만약 내가 누군가의 명령으로 널 때려죽인다 해도 난 아무런 잘못도 없겠네?"

"자, 잠…?!"

푸욱!

무딘 소리와 함께 마법사의 몸이 작게 떨렸다.

"……!"

무심코 숨을 삼키는 나와 가우리.

대체 어디에 숨겨두고 있었는지 루크가 어느 틈엔가 빼어든 단검이 마법사의 가슴에 푹 박혀 있었다.

털썩….

잡고 있던 멱살을 놓자 마법사의 몸이 바닥에 무너졌다.

"조금 지나쳐, 루크."

"이걸 보고도 아무런 느낌이 없는 거냐?! 미리나!"

미리나가 조용히 질책했지만 루크는 드물게도 강한 어조로 반론했다.

"명령 때문이었대! 이 녀석들… 자기들이 저지른 일에 아무런 반성의 기색도 없어! 이딴 녀석들은…!"

"그 녀석들을 손봐주기 전에 먼저 손봐줘야 할 녀석들이 있잖아."

"……!"

미리나의 말에 루크는 으득 이를 갈더니 내뱉었다.

"이런 걸 보면… 인간 혐오증에 걸릴 것 같아."

"나도 인간이야. 그리고 너도."

그녀의 말에 루크의 어깨에서 약간 힘이 빠졌다.

"그렇… 군….

그럼… 이 녀석들은….

힐끔 루크가 시선을 돌리자 마법사들은 겁을 집어먹고 한곳으로 모여들었다.

그곳에….

"슬리핑!"

나의 주문이 날아가서 마법사들을 재워버렸다.

"일단 이대로 내버려두는 게 어때?"

"으음…."

쓸쓸한 어조로 고개를 끄덕이는 루크.

아무래도 아직 화가 안 풀린 모양이지만, 그렇다고 잠들어 있는 상대를 죽이지는 않을 것이다.

"이런 소인배들은 그만 상대하고, 해치울 상대가 정해진 이상, 지금부터 성으로 쳐들어가서 라바스를 해치우자!

이런 녀석들은 그 뒤에도 얼마든지 손봐줄 수 있어."

"하지만… 여길 나가기 전에 힘을 좀 써야 할 것 같아."

내가 벽에 뚫은 구멍을 통해 통로 쪽을 내다보면서 가우리가 말했다.

"적?!"

"응, 납시었어."

통로 쪽을 바라본 채로 그는 검을 뽑아 들었다.

"아직 모습은 안 보이고 기척도 죽이고 있는 모양이지만 지금 이 방은 포위된 것 같아."

"그게 느껴져?"

가우리의 말에 의아한 시선을 보내는 루크.

확실히 우리들에겐 그 기척… 아니, 기척 이하의 미약한 존재감이라고 할 만한 것조차 느껴지지 않았지만 가우리의 야성적인 감은 적어도 내가 아는 한, 지금까지 틀린 적이 없다.

하지만 이 방이 포위되어 있다면 상대가 취할 수 있는 전법은……

─아?!

나는 황급히 속으로 주문을 외우기 시작했다.

"좋아, 한바탕 해보자고! 안 그래도 조금 배알이 뒤틀려 있으니까."

오히려 잘됐다는 듯 루크는 문으로 다가가서 쓰러져 있는 마법사에게 꽂혀 있던 검을 뽑아 들었다.

그 순간.

콰앙!

엄청난 소리와 함께 문이 안쪽으로 날아갔다!

아마 밖에서 담 브라스 같은 걸 날린 것이리라.

역시 그렇게 나오는군!

동시에 나는 외운 주문으로 문에 바람의 결계를 쳤다.

고오!

거의 동시에.

바람의 결계가 흔들리고 부풀어 오르며 화염 색깔로 물들었다.

문밖에 있는 적이 쏜 파이어 볼의 불꽃에 의해.

다시 말해 놈들은 문을 부수는 동시에 방에 파이어 볼을 던져 넣어 우리들을 한꺼번에 해치우려 했던 것이다.

안에 있던 동료 마법사들까지 함께.

만약 우리들이 날아오는 파이어 볼을 피하기 위해 벽에 뚫려 있는 구멍으로 뛰쳐나갔다면, 아마 통로 양쪽에서 대기하고 있던 녀석들이 원거리 공격 세례를 퍼부었을 터였다.

놈들이 곧바로 공격하지 않은 건 이런 포위망을 완성하기 위해서였던 것이다.

그러나… 가우리의 육감을 우습게 본 게 실수!

문 바깥쪽의 불꽃이 사그라지고 내가 바람의 결계를 없앤 바로 그 순간.

탓!

가우리는 돌아서서 문밖으로 뛰쳐나갔다.

루크와 미리나도 얼굴을 마주 보고 고개를 끄덕인 다음, 그 뒤를 따랐다.

나도 그 뒤를 쫓으려다가… 문득 한 가지 생각이 떠올라서 주문을 외워 방에 약간의 장치를 해두었다.

세 사람의 뒤를 쫓아가보니 문 바깥쪽은 이곳보다 넓은 방이었다. 역시 실험실인 듯 뭔지 잘 알 수 없는 장치와 크리스털 관 등이 여기저기 있다.

방 안에는 역시 열 명 정도쯤 되는 검은 옷들의 모습.

우리를 해치운 줄 알고 방심하고 있었는지, 아니면 단순히 실력 차이인지 내가 문밖으로 나갔을 때에는 이미 그중 둘 정도가 바닥에 쓰러져 있는 상태였다.

가우리가 휘두르는 검에 압도되어 검은 옷 중 하나가 주춤주춤 물러섰고….

탓!

별안간 가우리의 옆… 아무것도 들어 있지 않은 크리스털 관 뒤쪽에서 다른 한 명이 뛰쳐나와 검을 휘둘렀다!

하지만 경솔했다!

푸욱!

반발짝 물러나 정면의 상대에게서 약간 거리를 벌리고 왼발을 축으로 삼아 반회전. 그 움직임과 여세를 이용한 가우리의 일격이 그 검은 옷의 배를 베어버렸다.

그 검은 옷이 휘청거리며 앞쪽으로 쓰러지자 가우리는 정면에 있던 다른 검은 옷을 향해 녀석을 걷어찼다!

"?!"

검은 옷이 반사적으로 동료의 몸을 받아 안은 순간….

촤악!

가우리의 검이 두 녀석의 몸을 동시에 베어냈다.

그사이에 루크와 미리나는 연계 작전으로 검은 옷 한 명을 쓰러뜨렸고, 나는 주문 영창을 마쳤다.

그때.

"우왁?!"

성대한 소리와 비명이 뒤쪽에서 들려왔다.

훗, 걸려들었다.

"파이어 볼!"

뒤로 돌면서 함정에 빠져 몸부림치는 검은 옷들에게 주문을 발사.

화악!

당연히 피할 수 있을 리가 없었다. 정통으로 얻어맞고 새카맣게 타서 날아가는 검은 옷 일당들.

이것도 다 내가 아까 설치한 함정 덕분이다. 통로 안쪽에서 대기하던 녀석들이 돌진할 경우를 대비해서 복도에 뚫려 있는 구멍 아래쪽에 베피스 브링으로 터널을 뚫어두었다.

누가 밟으면 바로 무너질 정도의 두께만을 남기고.

통로 양쪽에 있던 검은 옷들은 아무리 기다려도 방 안에서 파이어 볼이 터지는 낌새가 없고 안쪽에서 싸우는 기척까지 있자 황급히 달려온 것이리라.

그러나 방금 내가 날려버린 건 그중 일부에 불과할 터. 나머지 몇 명은 이쪽으로 올 것이다.

그렇다면 방 안은 세 사람에게 맡겨두고 나는 이쪽 상대를 해치운다!

다행히 지금 나와 있는 적 중에 반인반마는 없는 것 같지만 언제 녀석들이 올지는 알 수 없다. 그들이 오기 전에 적의 숫자를 최대한 줄여둘 필요가 있다.

"블래스트 애시!"

쿠웅!

내가 쏜 일격이 통로에 모습을 드러낸 후속 부대 검은 옷들을 소멸시켰다.

음… 이쯤 되면 이제 이 방 안을 파이어 볼 같은 것으로 공격하지 않을까?

그렇다면….

나는 주문을 외우고….

그것이 완성되기를 기다렸다는 듯 파괴된 벽에서 모습을 드러내는 검은 옷 한 명.

그 손에는 이미 오렌지빛 구슬이 만들어져 있었다.

역시 그렇게 나오는군! 하지만 이미 알고 있었어!

"파이어 볼!"

"딤 윈!"

두 개의 주문은 거의 동시에 발동했다.

수정이 가해지지 않은 평범한 파이어 볼은 빛의 구슬이 무언가에 접촉한 그 순간 폭발해서 주위에 불꽃을 흩뿌린다.

그러나… 파이어 볼 자체는 딤 윈이 만들어내는 열풍을 거스르고 날 수 있을 정도의 힘은 없다.

검은 옷은 설마 생각지도 못했을 것이다.

자신이 쏜 파이어 볼이 자신에게 돌아올 것이라고는.

"……?!"

사태를 이해하고 도망치려 했지만 딤 윈이 만들어낸 바람 속에서 자유롭게 움직일 수 있을 리는 만무.

그 결과.

콰아아아아앙!

검은 옷이 쏜 파이어 볼은 그 자신을 불태우고 말았다.

좋아, 이제 통로 쪽에 있는 녀석은 섣불리 공격하지 못할 터.

그 틈에….

내가 다음 주문을 외우려 하던 그때.

바로 옆에서 살기가 일었다.

그리고 그야말로 갑작스럽게.

방 한구석에 출현하는 검은 그림자 하나!

공간을 이동하는 이 기술은….

"자인!"

"많이 기다렸다."

사람과 마족.

양쪽의 능력을 가진 검은 그림자가 내 앞을 가로막았다.

4. 결국 무너진 망국의 야망

오싹….

등에 약간의 오한이 일었다.

상황은 나에게 꽤 불리했다.

거리는 가깝고 주문을 외울 시간은 없다. 주문을 외우는 낌새를 보이면 술법이 완성되기 전에 검의 사정거리 안으로 파고들어서 베어버릴 것이다.

그렇다고 도저히 검으로 싸워 이길 수 있을 것 같지는 않고….

물론 도망친다는 건 애초에 불가능. 등을 돌린 순간 바로 검이나 나이프를 던질 테니까.

가우리 등이 이쪽을 눈치채고 엄호하러 와주면 좋으련만….

이 상황에서 내가 할 수 있는 일은 오직 하나.

다시 말해… 시간을 버는 것.

"알았다. 공간을 뛰어넘는 능력을 가진 건 너 혼자뿐이지?"

"좋을 대로 해석하도록 해라."

내 말에 무뚝뚝하게 대답하는 자인.

뭐… 이런 상황에서 싹싹하게 대답하면 그건 그것대로 기분 나쁘지만….

"같은 능력을 가진 녀석이 너 말고도 많다면 몽땅 몰려왔을 텐데 그렇지 않았거든.

혹시 너희들은 어지간한 주문이 통하지 않는 것과 간단한 마법 공격을 주문 없이 쓸 수 있는 기본 능력에서 무언가 하나씩 특수한 능력을 가지고 있는 거 아니야?

넌 특수한 주문으로 공간을 이동하고 그 조드인가 하는 녀석은 주문 없이 충격파를 쏘는 식으로."

"……."

나의 떠보는 말에도 자인은 아무런 말을 하지 않았다.

"하지만 너… 정말로 인상이 변했구나. 데몬과 합성된 거야?"

"아니…"

그는 작게 중얼거렸다.

분노와 살의가 내포된 목소리로.

"알아버렸기 때문이다. 우리들이 나라를 잃은 원인이 된 자의 이름을."

나라를 잃어…?

무심코 미간을 좁힐 뻔한 걸 나는 간신히 참았다.

이야기의 흐름으로 보건대 '그 이름은 리나 인버스'라는 전개인 듯한데… 아무리 나라도 공격주문으로 나라를 날려버린 기억은 없다.

그러나 내가 여기서 '무슨 소리야? 난 모르는 일인데♡'라고 하면 다짜고짜 공격할 것 같은 분위기.

"베젤드 사건 이후 그 사실을 알고… 나는 인간이기를 포기했다."

자인의 살의가 천천히 부풀어 올랐다.

이제 그만 이쪽 상황 좀 눈치채…. 가우리건 루크건 미리나건 좋으니까.

"자, 그럼…."

숨을 고르듯 중얼거리고 천천히 자인이 움직였다.

온다…!

방어 자세를 취한 그때.

"리나!"

문밖에서 내 옆으로 달려온 건 가우리였다.

하지만 그쪽을 모두 해치우고 도와주러 온 분위기는 아니다.

"이쪽도 바쁜 모양이네."

"이쪽도… 라니?"

가우리가 그 물음에 답하기도 전에.

루크와 미리나 두 사람도 등을 맞댄 채 떠밀리듯 이 방으로 들어왔다.

이쪽 방의 상황을 힐끔 살핀다.

"이곳에도 와버린 건가?!"

토해내듯 말하는 루크.

그렇다는 말은….

"온 것 같군, 우리 원군이."

자인의 말과 거의 동시였다.

그의 뒤에 있는 파괴된 벽에서 모습을 드러내는 검은 옷. 그 숫자는 대략 대여섯.

자인은 차가운 시선을 내게로 돌렸다.

"긴 이야기로 시간을 벌어서 동료의 도움을 기다린 모양이지만… 원군을 위해 시간을 번 건 나도 마찬가지라서 말야."

큭…!

아무래도 완전히 포위된 모양이다.

"갈자드."

"네."

자인이 부르자 부서진 벽 앞에 서 있던 검은 옷 중 한 사람이 대답했다.

"이 방에 파이어 볼을 집어 던져라. 나는 맞아도 괜찮으니까."

"네."

"뭐…?!"

무심코 소리를 지르는 우리 네 사람.

"카마인, 넌 프리즈 애로. 자이크는 다크 하우트[地擊衝雷]. 내 신호에 따라 동시에 건다."

벽 쪽에 있는 다른 한 명과 문 쪽의 한 명이 각각 대답하고 주문을 외우기 시작했다.

야단났다! 그 정도 술법이 한 번에 퍼부어진다면 주문 방어를 하는 것도, 이 방 안에서 몸을 피하는 것도 불가능! 반인반마로 변한 자인에겐 전혀 효과가 없다는 것을 이용한 전법일 것이다.

—그러나 우리들이 그런 술법을 맞게 된다면…!

"어림없다!"

문 쪽을 향해 가우리가 땅을 박찼다. 그러나!

"딤 윈."

"큭?!"

검은 옷 중 한 사람의 주문으로 움직임이 봉쇄되었다.

그리고 주문이 완성되었고….

"블래스트 애시."

콰앙!

벽 쪽에 있던 검은 옷 전원이 일격에 소멸한 건 그때였다.

"아닛?!"

황급히 뒤쪽을 돌아보는 자인.

"실례하지. 슬슬 결판을 낼 때가 온 것 같아서 말야."

검은 옷들이 있던 장소에 천천히 모습을 드러낸 것은….

전의 그 복면 남자였다.

"너?!"

"그렇게 화내지 마라. 그렇게 성격이 급해서 어떻게 전직 왕실 근위병단이라고 할 수 있겠어?"

"?!"

왕실 근위병단….

복면의 그 한마디에 검은 옷들 사이에 동요가 일었다.

순간….

"아크 브라스[地靈砲雷陣]!"

파직파직파직!

"……?!"

뒤로 돌아서면서 쏜 미리나의 주문이 문 쪽에 모여 있던 검은 옷 무리들을 휘감았다.

광범위한 뇌격 주문으로 일격 필살의 위력은 없지만 상대의 몸을 마비시켜 일시적으로 못 움직이게 하는 데엔 충분하다.

그곳으로….

탓!

루크가 바닥을 박차고 달려갔다.

별 저항도 해보지 못하고 잇달아 쓰러지는 검은 옷들.

"아무래도 형세가 역전된 것 같은데?"

복면 남자는 남의 일처럼 중얼거렸다.

이제 이곳에 남아 있는 적은 자인 한 사람. 결코 얕볼 수 있는 상대는 아니지만 숫자상으론 5대1. 그에게 거의 승산이 없다는 건 사실이다.

"누구냐? 넌…."

문 쪽 동료들이 쓰러진 것보다도, 정체를 들켰다는 것에 충격이 더 컸는지 복면 남자에게서 눈길을 떼지 않고 중얼거리는 자인.

"너희들과 같은 고향이라고 하면 알겠나?"

그 말에 자인은 훗 하고 작게 웃었다.

"그렇군. 그렇게 된 거였나?"

"어떻게 된 일이야?"

내 물음에 복면은 대수롭지 않다는 듯 말했다.

"루비나갈드라는 나라 이름을 기억하나?"

아…!

루비나갈드….

그제야 내 머릿속에서 모든 이야기가 한데 이어졌다.

루비나갈드 공화국.

연안 국가 연합의 끝자락에 위치한 그 나라가 몇 년 전까지는 왕국이었다는 사실을 알고 있는 사람은 많겠지만, 그 왕실이 해체된 진짜 경위를 아는 이는 그리 많지 않을 것이다.

과거에 그 나라에선 어떤 연구가 비밀리에 진행 중이었다.

다시 말해… 인간을 소재로 한 데몬의 제작이.

목적은… 소환 마법사가 아닌 사람도 제어할 수 있는 데몬을 양산해서 군비를 증강하기.

그 실험 대상으로 아스트랄 사이드에서 소환한 데몬을 빙의시키기 쉬운, 아직 자아가 확립되지 않은 인간… 다시 말해 어린아이를 이곳저곳에서 납치해서 실험을 하려 했던 것이다.

그 끔찍한 계획을 저지한 게 다름 아닌 가우리를 만나기 전의 나와 기타 여러 명이었다.

그리하여 왕실이 진행시키던 그 계획은 세상에 밝혀졌고….

그 뒤 어떤 일이 있었는지는 자세히 알지 못하지만, 소문에 따르면 다른 나라에도 사건이 알려져서 결국 루비나갈드 왕실은 해체되고 나라는 공화국으로 재출발하게 되었다고 한다.

—그러나—

만약 그 계획을 획책한 왕족들이 조금도 포기하지 않았다면?

나라에서 도망쳐서 어딘가에 몸을 숨기고 있었다면?

마을 사람들은 말했다. 라바스는 갑자기 이 마을에 출현했다고.

그리고… 이 땅에서 과거에 안고 있던 야망을 다시 예전 이상으로 불태우고 있다면?

그렇게 생각하면 나라를 잃었느니 어쨌느니 하는 자인의 말도 이해가 된다.

라바스가 나를 증오하는 것도.

물론 완전히 똥 싼 사람이 성깔 내는 꼴이고 자업자득이긴 하지만, 그것을 알 만한 녀석들이었다면 처음부터 인간의 데몬화 같은 건 획책하지 않았을 것이다.

나와 가우리를 수배해서 마을에서 입지를 좁히는, 가장 안전하고 확실한 수단을 쓰지 않았던 것도, 그리고 우리들을 고용한다고 제의한 것도 나를 이 마을에서 놓치지 않고 죽이기 위한 게 아니었을까?

루크와 미리나를 고용한 건 단순한 변덕이었는지, 아니면 베젤드 사건으로 적이 되었던 것에 한을 품고 보복하기 위해서였는지 거기까지는 알 수 없지만.

"이제야 안 것 같군."

내 표정에 복면은 웃음을 머금은 목소리로 말했다.

"대강은….

알 수 없는 건 어떻게 이곳 영주에게 접근했느냐 하는 거야."

"라바스라는 녀석과 이곳 영주 랑그마이어는 먼 친척 관계였
어.

그래서 그에게서 은신처를 제공받은 거겠지."

"꽤… 자세히 조사했군."

자인의 중얼거림이 복면의 말을 긍정했다.

"이래 봬도 난 특별 수사관 중에서도 가장 우수하다고 동네 아
주머니들로부터 호평을 받고 있거든."

"그렇군. 그래서 겁도 없이 이런 곳까지 우리들을 쫓아온 거였
어. 얼굴을 가리고."

"동향 출신이 많아서 말야. 내 얼굴을 알고 있는 자도 있겠지.

정체가 들통 나면 아마 저들 이상으로 견제를 받았을 거야."

그렇게 말하고 우리들을 가리키더니 말했다.

"솔직히 증거를 잡지 못해서 고생하고 있었는데 저들이 끼어든
덕분에 이것저것 꼬리를 잡을 수 있었어."

내가 무슨 탐색견이냐?

그러나….

"훗…."

복면의 말에 자인은 작게 웃음을 흘렸다.

"그렇다면… 확실히 너의 말대로 결판을 낼 때가 온 건지도 모르겠군."

말하고 나서 별안간 주문을 외우기 시작했다.

그냥 놔둘 것 같으냐!

나는 자인과 복면이 이야기를 나누고 있는 틈에 외워둔 주문을 해방했다!

"블래스트 애시!"

허나.

"보이드[空]!"

한발 앞서 자인의 몸이 허공에 녹아 사라졌다.

아무도 없는 그 장소를 내 술법이 허무하게 휘감았다.

공간을 이동한 건가?!

"그 녀석! 어디로 간 거지?"

"아마 성이겠지."

나에게 눈길을 돌리고 소리치는 루크에게 복면 남자가 대답했다.

"라바스에게 우리들의 이야기를 보고하러 돌아갔을 거야."

말하면서 그는 복면을 벗었다.

"인사가 꽤 늦어졌군."

복면 밑에서 드러난 건 마흔이 지난, 갈색 단발을 한 거친 아저씨의 얼굴이었다.

물론 내가 아는 얼굴이다.

아저씨는 품에서 문장이 들어간 목걸이를 부스럭부스럭 꺼냈다.

"나는 루비나갈드 공화국 특별 수사관 와이저 플레이온이라고 한다.

불법적인 마법 실험을 하고 도주한 벨기스 전 국왕과 왕실 근위병단을 뒤쫓고 있지….

그렇게 된 거다, 리나 인버스."

"아항, 그게 라바스의 본명이었군요.

오랜만이에요… 아저씨. 아저씨도 꽤 세던데요?"

"아는 사이야, 리나?"

"뭐, 조금."

가우리의 물음에 윙크로 답하는 나.

다름이 아니라 전에 내가 루비나갈드의 음모를 깨뜨렸을 때 나와 함께 있었던 기타 여러 명 중의 한 명이다.

"자세한 경위는 언제 차분히 이야기하기로 하고….

어쨌거나 지금은!

쳐들어가자! 성으로!"

밤거리에는 그저 정적만이 흐르고 있었다.

인적이 없는 길을 우리 다섯 사람은 조용히 나아갔다.

우리가 향하는 방향에는 우뚝 선 성 그림자 하나.

그 뒤….

소동의 와중에도 방 한구석에서 세상모르고 잠들어 있던 마법사 일동(살아 있었다)을 꽁꽁 묶어놓고 우리들은 성으로 향했다.

가는 길목마다 검은 옷들이 방해를 할 거라 생각했지만 실제로 그런 낌새는 전혀 없었다.

꽤… 성가시게 되었다.

자인은 틀림없이 일의 경과를 라바스에게 보고했을 것이다. 그럼에도 도중에 습격이 없다는 말은 상대가 성에 전력을 집결시키고 있다는 뜻.

물론 그 안에는 예전의 그 반인반마들도 있으리라.

"으휴….”

걸음을 멈추지 않은 채 나는 작게 중얼거렸다.

"그냥 여기서 드래곤 슬레이브 같은 걸로 성째 날려버리면 쉬운데… 안 될까♡”

"될 리 없잖아!"

정말 저지를 수도 있겠다 싶었는지 심각한 얼굴로 제지하는 가우리.

"저 성에는 진짜 영주도 있단 말야! 그리고 사정도 모른 채 라바스의 말에 따르고 있는 병사도 있을 테고!"

"으음, 그렇게 발끈할 것까지는….

농담이야, 농담.

누군가가 동의해주면 좋겠다 싶어서 해본 말일 뿐이라고."

"누군가가 동의해주면 드래곤 슬레이브를 날릴 생각이었어…

?"

"아니… 뭐, 그건….

하지만 그러고 보니 영주에겐 베이섬이라는 친아들이 있다고 들었는데… 결국 그 사람은…?"

"살해되었다고 생각하는 편이 타당하겠지."

미리나가 여전히 억양 없는 어조로 말했다.

"영주 자신에겐 아직 이용 가치가 있어. 무언가 말썽이 생겼을 때 책임 전가를 위한 도구로 말야. 그에 비해 베이섬은 라바스에게 성가시기만 한 존재이니 살려둘 이유가 없어.

아마 제일 먼저 암살당했을 거야."

"어찌 됐든."

그렇게 말하고 루크는 발길을 멈추었다.

그리고 우리들도 역시.

"우리들이 지금부터 해야 할 일은 변함이 없어.

즉—

라바스 녀석을 해치워야 한다는 사실에는 변함이 없어."

우리 다섯 사람은 성 정문에 도착했다.

콰아아아앙!

인정사정 봐주지 않는 엄청난 소리가 밤의 정적을 깨뜨렸다.

떡갈나무 판자를 이어놓았을 뿐인 성문 따윈 내 증폭판 담 브라스 앞에선 거의 종잇조각이나 마찬가지!

우리들은 그리 폭이 넓지도 않은 성벽을 레비테이션으로 뛰어넘고 부서진 성문을 통해 부지 내로 내려섰다.

—레비테이션을 쓸 거였으면 굳이 성문을 부수지 않아도 된다고 생각하는 당신, 아직 인생 경험이 부족해.

이번엔 싸움을 걸러 온 것이다. 싸움의 기본은 선제공격. 상대가 어지간히 냉정하거나 실력이 한참 위가 아닌 한, 먼저 상대에게 겁을 먹게 하는 쪽이 이기기 마련이다.

"앗! 뭐냐?! 너희들은."

"웬 놈이냐?!"

아직 사정을 모르는지 엉거주춤하면서도 우글우글 몰려드는 병사들. 그 숫자는 대략 열 명 남짓.

그 가운데 낯익은 검은 옷의 모습은 없었다.

뭐, 정식 전의 요깃감이라고나 할까.

좋아. 그럼 워밍업 차원에서 한바탕….

"슬리핑!"

내 주문이 완성되기도 전에.

별안간 날아온 루크와 미리나의 주문이 너무나 간단히 그 병사들을 재워버렸다.

…….

아무리 그래도 너무 약해 빠졌어, 너희들….

모처럼 외운 내 주문이….

"위를 봐!"

별안간 가우리의 목소리가 울려 퍼졌다.

위…?

올려다본 그곳에는….

나는 무심코 소리를 지를 뻔한 걸 간신히 참았다.

성벽, 그리고 성 지붕 위.

즐비하게 늘어서 있는 검은 옷. 그 숫자는 대략 수십 명!

전원의 겹쳐진 손에서 붉은 빛의 구슬이 생겨났다.

파이어 볼!

그렇구나! 뜰 안에 평범한 병사를 배치해놓고 자신들의 기척을 그걸로 위장한 다음, 우리들이 뜰 한복판에 들어온 순간 한꺼번에 공격주문을 날린다.

쓰러진 병사들이 죽든 말든.

"파이어 볼!"

오렌지빛 구슬이 일제히 발사되었다!

주위를 온통 불의 구슬로 뒤덮을 생각인가?! 이건 달려서 피할 수 있는 성질이 아니다.

그러나….

행운의 여신은 우리 편이었다! 내가 외우고 있던 주문은….

"밤 디 윈[風魔擊裂彈]!"

고오오오오!

'힘 있는 말'에 부응해서 바람이 작렬했다.

꽤 넓은 범위에 걸쳐 폭발적인 바람으로 쓸어버리는 술법이다. 원래는 병사들을 한 번에 날려버릴 생각이었는데…. 나는 이것을 머리 위로 쏘았다.

콰과과과과과과광!

바람에 휩쓸린 불의 구슬이 튕겨나가며 불꽃을 흩뿌렸다!

검은 옷들이 쏜 파이어 볼은 내 술법에 휘감겨 서로 충돌하며 폭발했다.

그리고 연쇄 폭발.

바람과 불꽃에 휘말린 검은 옷 여러 명이 오히려 날아가 버렸다.

그에 비해 우리 쪽은 열 때문에 잠깐 피부가 따끔한 정도로 끝.

불꽃 폭풍이 가시기 전에 성 본관 정문으로 달려가는 우리 다섯 사람.

"핫!"

기합과 함께 가우리의 검이 떡갈나무 문을 너무나 쉽게 두 쪽 냈다.

"놓치지 마라!"

"뒤쫓아라!"

성벽 위의 검은 옷들은 우리들을 쫓아오기 위해 뜰로 내려서서 정문을 향해 달려들었다.

—필살의 함정이 실패해서 당황한 건 이해가 되지만 아무리 그래도 생각이 너무 짧다.

팟! 파직! 파앗!

나, 미리나, 와이저 아저씨가 쏜 시간차 3연발 블래스트 애시가 입구로 달려들던 검은 옷들을 모조리 쓸어버렸다.

하지만 여기서 한숨 돌릴 틈은 없다. 지붕 위에 있던 녀석들은 안쪽에서 공격할 터.

가능하면 성가신 싸움은 피하고 라바스만 냉큼 해치우고 싶지만 문제는 그 라바스가 어디에 있느냐 하는 점이다.

"루크! 미리나! 이 성의 알현실이 어디 있는지 알지?! 그곳으로 안내해!"

"알현실? 어째서?"

의아한 얼굴로 묻는 루크.

훗, 이 녀석은 아직 인간이라는 걸 잘 모르는구나.

"당연한 걸 묻지 마! 아마 그곳에 라바스가 있을 거야!"

쾅당!

소리를 내며 열린 문 안쪽에는 세로로 긴 넓은 방과 늘어선 돌기둥, 똑바로 뻗은 붉은색 융단.

그리고….

융단이 쭉 깔려 있는 그곳에.

여유롭게 앉아 있는 한 남자.

주위를 에워싸고 있는 검은 옷. 그 숫자는 대략 스물.

이 판국에 전력을 아끼지는 않을 터이니 아마 이곳에 있는 검은 옷들이 이 마을에 있는 라바스 일당의 전력일 것이다.

"호오….”

옥좌에 앉아 있는 남자… 라바스는 재미있다는 듯 중얼거렸다.

"의외로 빨리 왔군. 정문에서 이곳까지 오는데.

다른 곳엔 안 들른 모양이지?”

"그래. 네가 이곳에 있을 거라는 정도는 알고 있었으니까.”

말하고 나서 나는 성큼 한 발짝 앞으로 나섰다.

"호오… 알려줄 수 있나?

어째서 내가 이곳에 있는 걸 알았는지.”

"당연하잖아.”

나는 라바스를 척! 가리켰다.

"너 같은 악당은 이런 연출을 좋아하기 때문이야!”

꿈틀!

내 도발에 검은 옷들의 살기가 부풀어 올랐다.

하지만 정작 라바스는 화내기는커녕 냉소조차 머금고 말했다.

"악당… 이라.

뭐, 그렇게 불러도 좋겠지.

여기서 뭐라고 한들 너희들이 날 이해해줄 거라곤 생각지 않으니.”

"이해 같은 건 하고 싶지도 않아.”

"아무래도 이야기를 해봤자 시간 낭비인 것 같군."

말하고 나서 옥좌에서 일어나 손가락을 딱 튕겼다.

스읙!

좌우로 크게 진형을 펼쳐 우리들과 라바스 사이를 차단하는 검은 옷들.

"너희들의 얼굴도 보았으니 더 이상 내가 이곳에서 헛된 시간을 낭비할 이유는 없겠지.

난 지하에서 연구를 계속하겠다. 뒤를 부탁한다."

말하고 나서 빙글 발걸음을 돌렸다.

"놓칠 것 같으냐!"

바닥을 박차고 달려가는 와이저.

그것이 전투 개시 신호가 되었다.

"프리즈 애로!"

와이저보다 약간 뒤쳐져서 달리던 미리나가 주문을 해방했다.

황급히 몸을 피하는 검은 옷들. 그 때문에 대열이 조금 무너졌다.

그 약간의 틈으로 와이저가 돌진했다!

촤악!

어느 틈엔가 뽑아 든 검으로 당황한 검은 옷 한 명을 베어버리고 그대로 라바스의 뒤를 쫓아간다.

엄청 세네! 중년 아저씨 주제에!

그러나 일말의 불안감은 있었다.

라바스가 왜 이 알현실에 있었는지.

냉정하게 생각하면 대답이 나온다.

우리들에게 부하들을 조금씩 보내봤자 소용없고, 그보다는 검은 옷들을 한곳에 집중시키는 편이 좋다.

성 안에서 몇 십 명 단위의 검은 옷 전원이 충분히 움직일 수 있는 장소라면… 안뜰이나 현관 로비, 아니면 이 알현실뿐이다.

그리고 실제 싸움이 시작되기 전에는 섣불리 숨어 있기보다 이 자리에 있는 편이 안전하다.

라바스가 이곳에 있었던 것도, 내가 그것을 알아맞힌 것도 진짜 이유는 거기에 있었다. 내가 아까 그런 식으로 말한 건 단순히 상대를 도발하기 위한 것. 그리고 라바스는 그것이 도발임을 간파하고 있었다.

다시 말해… 성격엔 꽤 문제가 있지만 적어도 녀석은 바보가 아니다. 비밀 무기 한둘은 가지고 있다 해도 이상하지 않다.

솔직히 와이저를 도와주러 가고 싶지만… 막아선 검은 옷들은 그것을 용인할 만큼 호락호락하지 않았다.

가우리는 검은 옷 두 사람과 동시에 칼을 겨루고 있었다.

약간의 시간차를 두고 펼쳐지는 검은 옷 두 사람의 공격을, 속도상으로는 훨씬 앞서는 가우리의 검이 막고 튕겨낸다.

두 번, 세 번 검을 마주치는 사이에 가우리의 검에 튕겨나간 검은 옷 중 하나가 약간 균형을 잃었다.

그것을 놓칠 가우리가 아니었다. 밑에서 쳐 올리는 듯한 일격이 그 검은 옷의 몸을….

벤 것처럼 보였던 그 순간.

그러나 가우리는 크게 뒤쪽으로 물러나서 검을 가로로 휘둘렀다.

파직!

검이 벤 허공이 작은 소리를 냈다.

"호오?! 그것을 베어내다니!"

묘하게 기쁜 듯한 그 목소리는 검의 사정거리 밖에 있는 검은 옷 중 한 명… 조드가 낸 것이었다.

키잉!

위에서 내려치는 일격을 루크의 검이 막아냈다.

동시에.

촤악!

움직임을 멈춘 그 검은 옷의 배를 미리나의 검이 베어버렸다.

그리고 그 여세를 이용해서 다른 한 사람을 벤다.

검과 검이 맞부딪치는 그 순간.

"브람 블레이저[靑魔烈彈波]."

그녀의 주문이 검은 옷을 휩쓸었다.

동시에 옆에서 그녀를 향해 뻗어오는 은색 광선.

"담 브라스!"

파직!

간발의 차이로 루크가 쏜 담 브라스가 날아온 은칩을 깨뜨렸다.

"너…."

루크가 시선을 돌린 그곳에는 역시 한 명의 검은 옷.

그 양손에서는 도합 열 개의 은색 발톱이 길게 뻗어 나와 있었다.

킹! 파직!

발톱끼리 부딪치자 그 사이에 푸르스름한 광채가 흩뿌려졌다.

뇌격의 술법이 서린 금속 발톱.

"너도 인간이길 포기한 녀석이냐?"

중얼거리는 루크의 입가에는 자신만만한 미소가 떠올라 있었다.

그리고….

쇼트 소드를 뽑아 들고 자세를 취한 상태에서 나는 주문을 외우기 시작했다.

그러나 그것이 완성되기도 전에.

내 눈앞에 검은 옷이 출현했다!

자인!

카앙!

오른손의 검이 일격을 내 검으로 간신히 막아내기는 했다.

곧이어 자인은 비어 있는 왼손을 내게 뻗었다.

단순한 주먹질은 아니다. 손바닥에서는 마력의 빛이 빛나고 있었다.

위험해…!

그런 생각이 들자 나는 그대로 뒤쪽으로 쓰러졌다.

설마 그렇게 나올 줄은 몰랐는지 균형을 잃고 헛걸음치는 자인.

집중력이 흐트러졌는지 허공을 가른 왼손에서 마력의 빛이 꺼졌다.

나는 쓰러진 상태에서 발로 자인의 배를 사정없이 걷어찼다!

"큭?!"

아무리 인간이기를 포기했다고 해도 역시 아플 때에는 아픈지 작은 신음 소리를 내는 자인.

나는 그대로 바닥에서 뒤쪽으로 한 번 굴렀다.

그리고 일어나자마자 외운 주문을 해방했다!

자인이 아니라 다른 검은 옷들을 향해.

"플레어 애로!"

"크악!"

설마 별안간 자신이 공격받을 줄은 몰랐던 것이리라. 검은 옷 중 한 명이 정통으로 얻어맞고 쓰러졌다.

그때 달려와서 거리를 좁히는 자인.

나는 검으로 척 자세를 취하고….

―역시 안 되겠어.

자신의 눈앞에서 한 발을 축으로 삼아 빙글 반회전한 다음 다른 검은 옷 쪽으로 달려갔다.

아무리 그래도 가우리와 그럭저럭 좋은 승부를 벌이는 녀석에게 정면으로 붙을 생각은 없다.

별안간 내가 도망칠 줄은 몰랐는지 한순간 자인의 반응이 늦었다. 그리고 그때 이미 나는 검은 옷들의 한복판으로 뛰어든 상태였다.

캥! 파직!

가우리의 검이 허공을 가를 때마다 작렬하는 소리가 주위에 울려 퍼졌다.

조드가 쏜 보이지 않는 칼날을 매번 그 검이 베어내고 있는 것이다.

가우리의 검에 베이는 걸 보건대 이 칼날은 마력의 충격파가 아니라 물리적인 것인 듯하다.

"호오! 제법인데?"

여전히 보이지 않는 칼날을 쏘아대면서 조드는 기쁜 듯 말했다.

"처음 한 방은 우연인 줄 알았는데 정말 대단해!"

슈욱!

계속해서 또 작은 작렬음. 그리고….

촤악!

가우리의 옆구리에 스친 정도의 얕은 상처가 생겨났다.

"하지만 완전히 간파한 건 아닌 것 같군!"

—그랬다.

가우리의 검은 조드가 쏘아내는 보이지 않는 칼날을 베어내고는 있었다.

그러나 아무리 가우리의 감과 실력이 뛰어나다고 해도 보이지 않는 걸 완전히 간파하는 것은 역시 불가능했나 보다. 보이지 않는 칼날은 위력이 처지는 칼날의 파편으로 변해서 가우리의 손발에 무수한 작은 상처를 만들고 있었다.

물론 치명상과는 거리가 멀고 그냥 내버려둬도 자연스럽게 아물 정도의 상처였지만. 그래도 이것은 지금의 가우리에게는 상당한 마이너스 요인이었다.

상처는 당연히 통증을 수반하고 통증은 집중력을 빼앗는다.

집중력이 떨어져서 보이지 않는 칼날을 하나라도 놓치면 어떻게 될지….

답은 말하지 않아도 뻔하다.

상처투성이의 가우리를 보고 공격할 호기라고 판단했는지 검은 옷 하나가 간격을 좁혀 다가왔다.

"크악?!"

허나 가우리에게 도달하기도 전에 별안간 몸을 뒤로 젖히고 쓰러졌다.

보이지 않는 조드의 칼날에 가슴이 뚫려서.

"아하하하하하! 너 바보냐?! 제 발로 죽으러 오면 어떡해?!"

동료의 최후에 조드는 폭소를 보냈다.

가우리가 몸을 피하지도 않고 그 자리에 발을 멈춘 채 검을 휘두르던 이유가 그것이었다.

조드는 가우리뿐만 아니라 그 주위에도 보이지 않는 칼날을 계속 쏘아대고 있었던 것이다. 섣불리 움직이면 어떻게 될지는 말할 것도 없다.

"크하하하하하! 과연 언제까지 버틸 수 있을까?!"

조드의 신경질적인 웃음소리가 주위에 울려 퍼졌다.

파직!

미리나가 쏜 주문이 상대의 발톱을 깨뜨렸다.

이제 상대의 사정거리는 맨손이나 마찬가지.

그 틈에 검을 들고 똑바로 돌진하는 루크.

허나….

그 순간 검은 옷의 발톱이 다시 검 정도의 길이로 자라났다!

킹!

파직 파직 파직 파직!

루크의 검과 발톱이 맞부딪치자 뇌격은 폭풍이 되어 날뛰었다.

이런 걸 제대로 얻어맞으면 검을 들고 있는 사람은 한 방에 즉사할 것이다.

그렇다. 검을 들고 있으면.

루크는 발톱에 부딪치기 직전에 검을 양손에서 놓아버렸다.

그리고….

"달프 스트래시[海王槍破擊]!"

해방한 주문이 눈앞에 있는 검은 옷의 머리를 박살 냈다.

"그렇게 나올 줄 알았다고."

떨어진 검을 주워 들고 루크는 말을 토해냈다.

한편 미라나는 다 외운 주문을 해방했다.

"사이트 프랑[幻霧招散]."

화악.

그녀를 중심으로 실내에 안개가 피어올랐다.

─단지 그것뿐인 술법이다.

서로의 시야를 어느 정도 차단하는 효과가 있어서 원래는 도주
용으로 쓰이는 것인데….

"무슨 짓이냐?!"

검은 옷 중 한 사람이 외치며 그녀를 베려 했다.

촤악!

내 쇼트 소드의 일격이 검은 옷 한 명을 베어냈다.

아무래도 내 검 실력을 얕보고 있었던 모양이다.

황급히 거리를 벌리고 방어 자세를 취하는 검은 옷들.

그때 뒤쪽에서 다가오는 자인.

이걸로 나는 거의 포위된 형태가 되었다.

좋아!

"레이 윙!"

별안간 고속 비행 주문을 발동해서 바람의 결계를 몸에 두른 채 주위의 검은 옷들에게 부딪친다!

도중에 방향을 바꾸어… 가우리에게 정신이 팔려 있는 조드에게 돌진!

허나 조드에게 도달하기 한참 전에 다시 자인이 내 앞길을 막고 나섰다.

똑바로 검을 내 쪽으로 겨눈 채.

—이이이익!

순간 내 뇌리에, 이것과 비슷한 상황에서 두 동강이 난 물고기 인간의 모습이 떠올랐다.

필사적으로 술법을 제어해서 다시 진로를 바꾼다.

—아, 잠깐.

나는 문득 뭔가를 떠올리고서 들고 있던 검을 앞으로 내밀었다.

이 상태로 충돌시키면 멋지게 숭경 숭경 숭경… 일 줄 알았는 데….

"우와?!"

바람의 결계 밖으로 검을 내민 그 순간.

풍압에 칼날이 휩쓸렸다!

나는 완전히 균형을 잃었고….

퍽!

술법의 제어도 잃어서 근처에 있던 검은 옷 한 사람과 충돌했

다. 그 여파로 술법이 풀린 나는 데굴데굴 구르다가 간신히 몸을
일으켰다.

괜한 짓 했다….

어쨌거나 방금 나와 연속으로 충돌해서 뻗어 있는 검은 옷들이
서너 명.

간신히 태세를 바로잡은 나에게 자인이 바닥을 박차고 달려왔
고….

미리나가 안개를 만든 건 바로 이때였다.

"큭?!"

보이지 않는 칼날 하나가 가우리의 왼팔을 베었다.

그리 깊은 상처는 아니지만 무시할 수 있을 만큼 얕지도 않다.

"캬하하하하하하! 슬슬 한계냐?"

울려 퍼지는 조드의 웃음소리.

그 순간. 시야가 부옇게 변했다.

미리나가 만들어낸 안개였다.

"뭐냐?"

조드가 중얼거린 그 순간.

탓!

그때까지 발을 멈추고 있던 가우리가 땅을 박찼다!

"멍청한 놈!"

말하면서 충격파를 쏘는 조드.

그러나….

"하앗!"

팟! 파직!

가우리가 휘두른 검은 그 하나하나를 완전히 베며 튕겨냈다!

"아닛?!"

다급해진 조드는 잇달아 충격파를 쏘았다.

그러나 충격파는 흔적도 남지 않고 모두 가우리의 검에 의해 파괴되었다.

이제 완전히 기술이 간파된 것이다.

"안개 때문인가?!"

그랬다.

충격파를 쏠 때마다 그것은 안개를 가르며 궤적을 그렸다.

가우리는 그 자취로 충격파를 간파한 것이다.

그렇구나! 미리나의 안개는 가우리를 돕기 위한 거였어!

"제기랄!"

조바심이 나는지 비명을 지르며 충격파를 쏘는 조드.

그러나 가우리는 너무나 쉽게 간격을 좁혔고….

"큭!"

가우리와 맞서기 위해 조드의 손이 허리춤의 검으로 뻗은 그 순간.

촤악!

조드의 예상을 뛰어넘는 속도로 뻗어온 가우리의 검이, 조드의 몸을 상하 두 쪽으로 동강을 냈다.

"아닛?!"
미리나를 향해 검을 뻗던 검은 옷은 경악한 듯 소리쳤다.
아마 미리나의 모습이 사라진 것처럼 보였던 것이리라.
실제로 그녀는 단순히 그 자리에 주저앉았을 뿐이다. 안개가 검은 옷의 시야를 현혹시킨 것.
그리고….
촤악!
솟구치는 듯한 미리나의 일격이 검은 옷의 배를 뚫어버렸다.
루크도 겁을 집어먹은 검은 옷 한 사람을 해치우고 다른 한 사람과 칼을 맞대고 있었다.
검은 옷들도 결코 약한 건 아니었지만 루크와 미리나 두 사람이 눈앞에서 반인반마를 해치운 걸 보고 완전히 사기가 떨어져버렸다.
"담 브라스!"
콰앙!
또 한 사람.
전의를 상실하고 견제만을 하던 검은 옷 한 사람을 미리나의 술법이 강타했다.

나는 달렸다.

속으로 주문을 외우면서 자인으로부터 멀어지는 방향으로.

"놓칠 것 같으냐!"

고개만 돌려 뒤를 돌아보니 어지간히 나에 대한 원한이 깊은지 계속해서 쫓아오는 자인.

주문 영창 없이 손바닥에 마력을 만들어내서 나에게 집어 던진다!

그러나 유감스럽게도 맞히기에는 거리가 너무 떨어져 있다. 슬쩍 가볍게 피해내는 나.

마력탄은 내 옆을 스쳐서 안개 속으로 빨려들었고….

콰앙!

그리고 무언가가 깨지는 소리.

아마 벽이나 기둥에 맞은 것이리라.

그대로 나는 늘어선 돌기둥 뒤쪽으로 달려갔다.

끈질기게 쫓아오는 자인. 달리는 속도는 그쪽이 한수 위. 자인은 바로 내 뒤까지 쫓아와 있었다.

그 왼손에 다시 마력의 빛이 감돌았고….

―지금이다!

왼손을 목 언저리로 가져가서 작은 금속구를 철컥 제거했다.

훌렁!

망토가 벗겨지고 바람에 날아가서….

"?!"

그것에 정통으로 자인이 충돌했다!

동시에 나는 발길을 돌려서 들고 있던 검으로 망토를 찔렀다!

감촉은… 없었다.

그리고 뒤쪽에 생겨난 기척이 하나!

공간을 이동한 건가?!

내 예상대로!

"블래스트 애시!"

파직!

술법은 뒤쪽에서 발동했다.

이 주문은 특별히 시야 내에서 발동시킬 필요가 없다. 조준할 때 감에 의존하면 이런 일도 충분히 가능하다.

그리고….

—채앵!

딱딱한 소리를 내며 내 발치에 한 자루 검이 떨어졌다.

자인이 들고 있던 검이.

돌아보자 그곳에서는 검은 먼지가 흰 안개 속으로 흩어지고 있을 뿐.

그것이….

비명 하나 남기지 못한 반인반마 자인의 최후였다.

콰당!

열어젖힌 문 안쪽에는 무장병이 대여섯 명.

벽에 기대어 있는 자, 앉아 있는 자, 작은 테이블 주위에 모여 무언가 카드 게임을 하고 있는 자도 있다.

그 전원이 움직임을 멈추고 이쪽을 주목했다.

—반인반마 세 사람을 해치운 뒤에는 쉬웠다.

완전히 사기를 잃은 검은 옷들은 우리 네 사람의 검과 주문 앞에 모조리 항복했다.

그중 몇 사람은 도망치기도 했지만 지금은 그런 녀석들을 쫓아다닐 때가 아니다.

한시라도 빨리 라바스와 와이저 아저씨의 뒤를 쫓아야 한다!

할 일은 정해져 있었지만 문제는 두 사람이 어디로 갔는지 알 수 없다는 점이었다.

맨 처음 두 사람이 간 방향은 알고 있었지만… 얼마 뒤 갈림길이 나오자 오리무중에 빠졌다.

그리하여.

우리 네 사람의 정처 없는 탐색이 시작되었다.

라바스는 '연구'를 위해 '지하'로 간다고 했었다.

루크에게 물어보았지만 연구 시설이 있는 지하실이 어디인지는 모른다고 했다.

하지만 이런 성에 비밀 통로나 지하실 같은 게 있는 건 당연하다.

그렇다면 두 사람이 간 곳도 그러한 장소일 것이다.

—그러나. 녀석이 루크와 미리나에게 그런 장소를 가르쳐주었

을 리가 만무.

그래서 결국 우리들은 눈에 띄는 방을 모조리 수색하는, 매우 능률이 떨어지는 수단을 취할 수밖에 없었다.

"칫, 이곳도 아닌가?"

말을 토해낸 루크가 등을 돌린 순간….

"이봐! 잠깐 기다려!"

우리를 불러 세운 건 카드 게임을 하던 병사 중 한 사람이었다.

"뭐가 어떻게 된 거지?! 언제쯤 방에서 나갈 수 있는 거야?!"

난처한 얼굴로 물어왔다.

—혹시 이 녀석들은 상황을 전혀 모르고 있는 건가?

병사들의 표정으로 보건대 루크와 미리나를 아직 같은 편으로 생각하는 것 같은데….

그렇다는 말은 라바스의 야심을 알면서도 협력하고 있는 게 아니라 단순히 속고 있을 뿐인가?

어느 쪽인지는 알 수 없지만 우리들을 같은 편이라고 생각하고 있다면 미안하지만 그 점을 이용해야겠다 싶었다.

"아직도 사정을 모르고 있어?"

"알 리가 없잖아. 다른 명령이 있을 때까지 대기실에서 대기하고 방에서 절대 나오지 말라는 명령이었으니까. 아까부터 어디선가 이상한 소리가 나던데…."

루크의 물음에 다른 병사가 난처한 표정으로 대답했다.

"설명은 나중에 해."

소리를 지른 건 나였다.

"넌 요전번에 라바스 님과 식사를 했던⋯."

"잡담은 그만하고,

그보다 지하의 숨겨진 방으로 가는 길을 알고 있는 사람이 있으면 가르쳐줘! 라바스 대행이 위험해!"

대행이 위험하다는 한마디에 얼굴을 마주 보는 병사 일동.

일단 나는 거짓말을 하진 않았다. 단지 라바스를 내버려두면 위험하다는 의미였지만.

"알았어! 우리들도 가지!"

대장격의 중년 병사 한 사람이 검을 들고 일어서며 말했다.

그 뒤를 따르는 다른 병사들.

물론 우리로선 성가신 일이었지만 여기서 그렇게 말한다고 해서 그들이 고분고분 따라줄 리가 만무하다.

우리 네 사람과 열 명 정도의 병사들은 대장을 앞세우고 좌우로 복도를 내달렸다.

그리고 얼마 지나지 않아.

대장이 발길을 멈춘 건 어느 통로의 막다른 길.

나는 가우리와 루크, 미리나에게 눈으로 신호하고 슬쩍 병사들 틈에서 빠져나왔다.

대장이 벽의 촛대를 비틀고 어딘가의 벽돌 하나를 밀자⋯.

쿠웅.

그 순간 막다른 길로밖에 보이지 않았던 벽이 소리를 내며 입을 벌렸다.

사람 한 명이 간신히 지나갈 수 있을 정도의 입구였다.

"이곳이다."

돌아보며 말하는 대장.

좋아, 수고했어.

"슬리핑!"

내 술법에 허무하게 털썩털썩 쓰러져 잠드는 병사들.

"라이팅."

미리나가 쏜 마법의 불빛을 앞세우고 우리 네 사람은 벽에 뚫린 입구 안쪽으로 들어갔다.

그곳은 지하로 통하는 계단이었다.

"빙고!"

외치면서 달려가는 루크. 그 뒤를 미리나, 나, 가우리가 따랐다.

곧 하나의 문 앞에 도달했다.

루크는 문손잡이를 잡고 덜컥거렸다.

"칫! 열쇠가 채워져 있어! 잠깐만 있어봐. 금방…."

주문을 외우려는 걸 제지하고 가우리가 문 앞에 섰다.

그리고.

"하앗!"

카강!

기합과 일격. 문은 동강이 나서 바닥에 굴렀다.

과연 가우리! 열쇠가 필요 없구나!

우리 네 사람은 방 안으로 발을 들여놓았다.

"?!"

그리고 한순간 할 말을 잃고 멈춰 섰다.

문 위쪽에 떠 있는 마법의 불빛에 비친 건 방 안을 가득 채운 황금과 은의 광채.

꽤 넓은 방에 좁다 싶을 정도로 보석으로 장식된 갑옷과 검과 장식품이 들어차 있었다.

게다가 단순한 보물이 아니었다.

마법 지식이 있는 사람이 보면 한눈에 알 수 있었다.

이 방에 있는 것 모두가 마법 도구였다.

"굉장해! 굉장하다고, 이거!

모두 마법 도구야!

크으! 이 목걸이 같은 건 미리나에게 걸어주면 예쁠 것 같아♡"

"굉장해! 어쨌거나 굉장해! 크으!

이 목걸이 같은 건 팔아치우면 돈이 꽤 될 것 같아♡"

"지금 이러고 있을 때야?"

—핫!

미리나의 차가운 핀잔에 문득 정신을 차리는 나와 루크.

그러고 보니 본래의 목적은 라바스를 뒤쫓는 것에 있었다는 느낌이….

물론 이 방에는 라바스도, 와이저 아저씨의 모습도 없었다.

뭐, 내가 이곳에 온 원래 목적은 마력검을 강탈하는 것이었고, 이 방 안에는 말 그대로 마력검이 수북하게 쌓여 있었지만….

그렇다고 라바스와 와이저 아저씨를 내버려두고 이곳에서 보물을 뒤지고 있을 순 없었다.

"알았어!"

들고 있던 보물을 품속에 집어넣고 결연하게 말하는 나.

"이곳을 살피는 건 나중에 하자."

"나중에 또 올 생각이야…?"

난처한 듯 중얼거리는 미리나.

그러나… 이곳이 그 지하실이 아니라는 말은 라바스가 있는 곳은 다른 숨겨진 지하실이라는 말이 된다.

그렇다면 또 위로 올라가서 뛰어다니며 '숨겨진 지하실은 어디야아아아?!'라고 법석을 떨어야 하는 건가?

정말 성가시네….

그렇게 생각한 순간.

콰앙!

꽝음과 함께 방의 벽 일부가 폭발했다!

또 뭐야아아아?!

이윽고 흙먼지가 가라앉은 그곳에는….

"여… 다 모였군."

"아저씨?!"

그랬다.

박살 난 벽에서 흙먼지투성이로 비틀비틀 모습을 드러낸 건 라비스를 쫓아 혼자 먼지 갔던 와이지 이지씨었다.

라바스를 때려눕히고 개선한 건 아닌 듯하다. 온몸이 너덜너덜 상처투성이. 치명상은 아니지만 꽤 깊어 보이는 상처도 있었다.

"온다⋯."

아저씨의 말에 일동이 파괴된 벽 쪽으로 눈길을 돌리자⋯.

꿈틀거리는 큰 그림자가 천천히 이쪽으로 걸어오고 있었다.

데몬?!

첫인상은 확실히 데몬이었지만 레서 데몬과도, 브라스 데몬과도 다르다.

익사체처럼 이상하게 창백한 피부에, 좌우 비대칭의 머리에 난 구부러진 뿔 셋. 여기저기 뒤틀려 있는 전신.

그리고 전신에서 뿜어 나오는 숨 막히는 독기.

하지만⋯.

무슨 이유에선지 마족이라는 존재는 기본적으로 고위일수록 인간에 가까운 모습을 취하고 싶어 한다.

그렇다면 이 녀석, 겉보기엔 끔찍하지만 그리 압도적인 힘은 없을 터. 아저씨가 고전할 정도의 상대로는 안 보이는데⋯.

"호오⋯ 여러분. 이런 곳까지 오시다니. 아무래도 내려올 방을 잘못 찾은 것 같군."

라바스의 목소리는 그 데몬의 뒤쪽에서 들려왔다.

느릿한 발걸음으로 데몬의 뒤에서 모습을 드러냈다.

"너! 끝까지 저항할 생각이냐!"

루크는 검을 뽑아 들고 말했다.

"그딴 데몬 한 마리로 이제 와서 뭘 어떻게 할 수 있을 것 같아 ?!"

"흠⋯."

그 말에 라바스는 근심스런 얼굴로 옆에 있는 데몬을 물끄러미 쳐다보더니 말했다.

"이 녀석은 지금까지 배양액 속에서 재워두고 있었어.

지난번에 자인이 너희 두 사람을 초대한 시설 지하에 잠들어 있 던 것과 마찬가지로 실험의 실패작이지."

실험의 실패작?

"그럼 그때 그곳에 줄줄이 있던 키메라가 전부 원래 너희들에 게 납치된 인간이었다는 말이야?!"

"그래."

내 물음에 라바스는 데몬의 얼굴을 올려다본 채 대수롭지 않은 듯 대답했다.

이 녀석⋯.

"이 데몬도 조금 특수한 케이스의 실험체인데, 여러 가지 능력 을 무분별하게 추가했더니⋯ 육체에 부담이 너무 많이 가서 이런 모습이 되어버렸군.

불안정하고 균형도 안 맞지만⋯ 그만큼 여러 가지 능력이 있지."

그는 거기서 말을 끊더니 내 쪽을 돌아보았다.

"소개하지. 하프 데몬 실험체 1호 베이섭 프리츠 랑그마이어. 원래는 다음 영주가 될 인물이었다."

……?!

우리 네 사람은 작게 숨을 삼켰다.

─그렇구나.

와이저 아저씨도 그 말을 들었기에 이 데몬을 상대로 손을 대지 못했던 거였어.

"이곳은 본래 영주 랑그마이어의 성과 영지. 내가 활동하기 위해서는 방해가 되는 사람이 많아.

─방해하는 인간은 없애라는 말이 있지.

분명히 거추장스러운 상대를 제거하는 건 쉬운 일이긴 해. 하지만 증거를 감추기가 어렵지.

그러니…

거추장스러운 존재를 실험체로 쓴다면?

방해꾼은 사라지고 연구에도 도움이 돼.

사람이 아닌 자들은 나를 규탄할 수도 없어.

꽤 합리적이지 않아?"

"그런 건… '합리적'이 아니라 '극악무도'라고 하는 거야."

나는 화가 나서 중얼거렸지만 라바스는 태연하게 받아쳤다.

"어느 시대건 급진적 합리주의자는 이해받지 못하는 법이야."

"나는 그런 어려운 건 모르지만…."

가우리가 검을 뽑아 들고 한 발짝 앞으로 나왔다.

"어쨌거나 널 그냥 내버려둘 순 없겠군."

"동감이야."

나는 검을 뽑아 들었다.

라바스는 살짝 미소를 머금었다.

"그래?

하지만 좋아. 여하튼 나도 너희들을 살려둘 생각은 없으니까.

가라, 베이섬."

쿠오오오오오오오!

라바스의 목소리에 데몬으로 변한 베이섬이 울부짖었다!

완전히 라바스에게 조종당하고 있다.

"아이시클 란스!"

미리나가 라바스를 향해 별안간 술법을 쏘았다.

일격은 베이섬의 옆을 통과해서 라바스에게….

파앗!

허나 그것이 라바스에게 닿기 직전.

베이섬이 뻗은 오른손이 미리나의 술법을 막아냈다.

동시에 베이섬은 이쪽을 향해 돌진했다!

황급히 피하는 우리들. 그러나 가우리만은 혼자 그 자리에 버티고 섰다.

베이섬을 향해 검을 겨눈 채….

―이봐?! 설마 벨 생각이야?!

"하앗!"

촤악!

베이섬의 팔을 피해 검을 휘두른다!

"다리 힘줄을 베어버렸다."

베이섬과 라바스 모두에게 빈틈없는 시선을 돌리며 말했다.

"이걸로 얼마 동안은 못 움직…."

말이 끝나기도 전에.

구오오오!

외침 소리와 함께 베이섬이 바닥을 박찼다!

"아닛?!"

우당탕!

가우리는 황급히 크게 옆으로 도약해서 보물 더미에 성대하게
충돌했다.

"이봐, 너무 방을 어지럽히지 말라고."

웃음을 머금은 라바스의 목소리.

"말했지? 여러 가지 능력을 추가했다고.

대수롭지 않은 상처라면 바로 아물지.

단번에 머리나 손발을 베어내지 않는 한 계속 움직일 거야, 베
이섬은."

확실히―

사냥감을 고르려는 듯 멈춰 서서 우리들을 둘러보는 베이섬의

발목과 무릎 뒤쪽에는 일부 붉게 물든 부분이 있긴 했다.

그것이 바로 가우리가 베었지만 순식간에 아문 부분이리라.

"베이섬, 망설이지 말고 해치워라."

우오오오오오오!

라바스의 명령에 부응하듯 외치는 베이섬. 그 눈앞에 십여 개의 불화살이 나타났다.

목표는 루크와 미리나, 와이저 아저씨가 있는 쪽!

야단났다! 두 사람은 둘째치고 와이저 아저씨는 제대로 움직이지 못해!

고오!

불화살은 일제히 세 사람 쪽으로 쏟아졌고….

"마풍격[魔風擊]!"

루크의 검이 바람을 갈랐다!

검은 허공에 열풍을 만들어내서 쏟아지는 불화살을 튕겨냈다!

"마력검인가?!"

뒤에서 감탄한 듯 말하는 라바스.

그랬다. 루크가 가지고 있는 무명의 마력검은 의지를 담아 한 번 휘두르는 것만으로도 딤 원과 동등한 열풍을 만들어낸다.

그리고 루크가 땅을 박찼다!

베이섬을 향해!

"나쁘게 생각 마라!"

촤악!

일격에 베이섬의 오른팔을 잘라내고 그 기세를 살려 뒤에 있는 라바스를 향해 돌진한다!

라바스를 해치우면 베이섬을 조종하는 자는 없어진다. 그래시 베이섬이 얌전해질 거라곤 생각되진 않지만.

루크는 라바스를 향해 검을 내질렀고….

키이이이이이이잉!

순간.

귀를 찌르는 듯한 금속음과 함께 루크의 검이 산산이 부서졌다!

―아닛?!

라바스가 무기를 들고 있는 낌새는 없었다. 그저 루크의 검을 한 손으로 가볍게 털어냈을 뿐이다.

설마…?!

"큭?!"

황급히 뒤쪽으로 물러나는 루크.

우직!

그의 오른쪽 어깨 갑옷이 튕겨 날아갔다.

"그렇군. 날 먼저 노릴 생각인가? 타당한 전법이야.

허나…."

쿠오오오오오오오오오오오!

라바스의 말을 가로막은 건 베이섬이 지른 비명이었다.

루크에게 잘려나간 팔 부분에서 전신으로 이상 현상이 진행되고 있었다.

피부가 검게 변색하며 서서히 붕괴하고 있었던 것이다.

"흠…, 생각 이상으로 균형이 안 좋았군."

베이섬의 절규가 울려 퍼지는 가운데 침착한 어조로 중얼거리는 라바스.

"어느 정도의 대미지를 입으면 자가 치유 능력이 이상한 식으로 폭주하는 건가?"

절규는 이윽고 약한 신음으로 바뀌었고….

그것이 끊긴 후에는 완전히 붕괴한 베이섬의 육체가 거뭇거뭇하게 방 한복판에 쌓여 있을 뿐이었다.

"생각 외로 쓸모가 없었군. 뭐, 이걸로 처분하는 수고가 줄어들었지만."

"너…?!"

검을 겨누고 중얼거리는 가우리.

아마 가우리도 눈치챘을 것이다.

그리고 아무런 공격도 하지 않는 걸 보건대 미리나 역시.

얼어붙은 우리들에게 라바스는 천천히 시선을 돌리고 말했다.

"군의 지휘자가 직접 싸우는 것은… 하책 중의 하책이지만… 이 상황에선 어쩔 수 없겠지."

눈동자 속에서 빛나는 건 광기인가, 아니면….

"모두 이 자리에서 죽어줘야겠다."

"담 브라스!"

라바스의 말을 신호로 나는 외운 술법을 해방했다!

그러나!

파앗!

라바스는 손을 휘둘러 내 술법을 튕겨냈다!

―물론 평범한 인간이 할 수 있는 일은 아니다.

이걸로… 분명해졌다.

"라바스…."

부하의 대부분을 잃었으면서도 여유로운 미소를 머금는 그에게 나는 말했다.

"너도… 반인반마였구나."

"반인반마라,

꽤 재미있는 호칭이군."

천천히.

이쪽으로 다가오며 말하는 라바스.

그가 만들어내는 적의에 압도된 듯 황급히 물러서는 루크.

"인간의 모습을 유지한 채로 합성하는 게 꽤 어려워서

기술적으론 최근에서야 완성되었다.

그러나 부하들에게 힘을 준 건 좋지만 그러다 내게 거역이라도 하면 곤란하지.

그것을 막는 방법은…

나 자신이 그들보다 강해지는 것. 단순한 결론이야."

이 녀석… 기껏해야 부하들의 힘만 믿고 설치는 3류 악당인 줄 알았더니…!

그 분별 없는 조드가 라바스라는 이름에 위축된 것도, 부하라서 가 아니라 라바스의 힘을 두려워했기 때문이라면….

"무도에 관해서도, 마도에 관해서도 초보자인 내가 어디까지 강해졌는지…

실제로 시험해보는 건 이번이 처음이군!"

말과 동시에 라바스의 양손이 번뜩였다!

만들어진 마력의 칼날 두 줄기가 나와 가우리를 향해 날아왔다!

"큭?!"

황급히 물러서는 나와 가우리.

카아아앙!

마력의 칼날은 방이 좁을 정도로 들어찬 마법 도구들을 날려버 렸다!

오싹.

공포가 한순간 등줄기에 일었다.

눈앞에 구르고 있는 마력의 투구는 마치 연한 버터처럼 숭겅 동 강 나 있었다.

"내가 생각해도 대단하군! 하지만 너무 센 거 아냐?! 하하하하 하!"

말하고 나서 다음 일격을 루크에게 쏘았다.

간신히 그것을 피해낸 루크는 방에 놓여 있는 검 한 자루를 칼 집에서 뽑아 들었다.

"남의 물건을 멋대로 쓰면 곤란해!"

손가락을 튕기자 작은 충격파.

쨍강!

그것을 막아낸 루크의 검이 다시 부러졌다.

"미리나! 아저씨를 데리고 올라가!"

이런 녀석을 상대할 때에는 부상자가 있으면 불리하다. 내 말에
미리나는 고개를 끄덕이더니 아저씨를 데리고 계단을 올라갔다.

"도망치면 곤란하지!"

그렇게 말하고 양손으로 수인을 맺는 라바스.

"보이드!"

―아닛?!

순간 라바스의 모습이 사라졌다!

그리고!

"아악!"

미리나의 비명과 함께 미리나와 와이저 두 사람이 계단에서 굴
러 떨어졌다.

"미리나?!"

비명을 지르며 달려가는 루크.

"괜… 찮아…."

그녀는 겨우 몸을 일으키고 루크 및 와이저와 함께 계단 쪽에서
몸을 피했다.

"흠… 이번엔 너무 약했나?"

중얼거리며 천천히 계단을 내려온 것은….

말할 것도 없이

공간을 이동한 라바스였다.

"에르메키아 란스[烈閃槍]!"

"소용없다!"

내가 쏜 일격을 라바스가 쏜 마력 덩어리가 깨뜨렸다.

동시에 검을 겨누고 달리는 가우리.

"소용없다고 했…."

그러나.

가우리는 라바스의 예상을 뛰어넘는 속도로 상대에게 파고들어 손에 든 검을 휘둘렀다!

"큭?!"

우직!

약간의 차이로 아깝게도 라바스의 오른팔이 검을 부러뜨렸다.

허나….

푸욱!

라바스의 몸이 작게 흔들렸다.

방에 있는 걸 주운 건지… 가우리의 왼손에는 또 한 자루의 검이 있었다.

오른손에 있는 검을 라바스가 깨뜨린 순간, 그의 눈을 피해 왼손에 들고 있던 검으로 가우리가 상대의 배를 찌른 것이다.

─해치웠나?!

생각한 순간 가우리는 검을 놓고 크게 뒤로 물러섰다.

콰직!

발사된 마력의 칼날이 가우리의 숄더 가드 자락을 가볍게 잘라냈다.

"꽤 제법이군!"

가우리에게서 일격을 얻어맞고도 라바스는 변함없는 어조로 대꾸했다.

"나를 해치운 줄 알고 방심했다면 좋았을 뻔했는데 말야!"

말하고 나서 자신의 배에 꽂혀 있는 검을 스윽 뽑아냈다.

그 상처 자국에서는 한 방울의 피도 흐르지 않았다.

전혀 안 통한 거야?!

"뭐, 좋아! 먼저…."

라바스가 천천히 미리나와 와이저 쪽으로 몸을 돌렸을 때….

"루비아이 블레이드[魔王劍]!"

외치면서 루크가 바닥을 박찼다!

또 어디선가 주워 온 검의 도신에 붉은색 빛이 감돌았다.

라바스는 어깨 너머로 돌아보고….

푸욱!

"우악?!"

비명을 지르며 쓰러진 건 루크 쪽이었다.

라바스의 등에서 뻗어 나온 여러 가닥의 창인지 촉수인지 모를 것에 어깨와 왼쪽 허벅지를 꿰뚫린 채.

이 녀석! 완전히 인간이 아니네!

그 틈을 노리고….

"블래스트 애시!"

미리나가 주문을 해방했다!

그러나!

"보이드!"

다시 공간을 이동한 라바스는 미리나의 바로 옆에 출현했다!

"너무 뻔한 술책이야!"

퍽!

"우욱!"

옆구리를 걷어차이고 신음하는 미리나.

라바스는 미리나에게 오른손을 치켜들었다.

"블래스트 애시!"

쿠웅!

그 순간.

내가 만들어낸 '암흑'이 라바스의 상반신을 휩쓸었다.

왜인지 스스로도 알 수 없었다.

알 수 없었지만… 그 순간 나는 즉시 옆으로 도약했다.

그리고.

최악!

날아온 마력의 칼날이 방금 전까지 내가 있던 공간을 세로로 베었다.

푸슈우우우우우!

자루에서 공기가 새어 나오는 듯한 소리를 내며 내가 쏜 블래스트 애시의 '암흑'이 소용돌이치며 사라져갔다.

"쿠오오오오오오!"

그리고 그 안에서 괴성과 함께 모습을 드러내는 라바스.

브라스 데몬조차 일격에 보내버리는 이 기술을 마력의 힘만으로 깨뜨리다니?!

얼굴이 새까맣게 변색되어 비명을 지르고 있는 것으로 보아 조금은 충격을 준 것 같지만… 이 녀석, 어지간한 순마족보다 훨씬 강하다! 라바스가 쏜 마력의 칼날이 지나간 자리에는 돌로 된 바닥은 물론이고, 놓여 있던 마법 도구가 모조리 박살….

―아니.

대부분이 파괴된 자리에 단 한 줄기 은색 광채가 남아 있었다.

칼집이 깨진 마력검의 도신?!

"가우리! 그 검!"

"응!"

대답하고 바닥을 박차는 가우리.

그 가우리를 향해 라바스가 마력의 칼날을 쏘았다!

피할 수 없다?!

생각한 그 순간.

촤악!

라바스가 쏜 마력의 칼날은 가볍게 베여나갔다.

가우리가 휘두른 검에 의해.

"칫!"

라바스는 희미하게 동요한 기색을 보이더니

벽 쪽으로 달려가서 마력검 한 자루를 집어 들었다.

그곳으로 똑바로 돌진하는 가우리.

라바스는 검을 오른손에 들고 왼손으로 마력의 칼날을 쏘았다.

그러나 가우리가 들고 있는 검이 번뜩일 때마다 그것들은 모두 튕겨나갔다!

"크윽!"

오른손에 든 검으로 황급히 방어 자세를 취하는 라바스. 그가 들고 있는 것도 아마 가우리가 든 검 이상의 힘을 가진 마력검일 것이다. 그 검으로 가우리의 일격을 막아내어 움직임을 봉하고 왼손으로 만들어낸 마력의 칼날로 근거리에서 공격을 가할 속셈이 리라.

그러나!

검의 위력이 같다고 해도 사용자의 실력이 다르다면?!

카앙!

가우리가 휘두른 검이 라바스가 들고 있던 검과 함께 그의 몸을 위아래로 두 쪽 냈다.

허나….

"큭?!"

엇갈림과 동시에 가우리는 황급히 몸을 비틀었다.

그 옆을 라바스의 뒤에서 뻗어 나온 창이 뚫고 지나갔다.

"이 녀석…."

황급히 거리를 벌리고 라바스를 향해 다시 검을 겨누는 가우리.

그랬다.

몸이 위아래로 분리되었음에도 라바스는 쓰러지지 않았다.

아니, 이 경우 '쓰러진다'는 표현이 들어맞지 않을지도 모른다.

대체 어떻게 했는지 배 아래쪽을 잃은 라바스의 상반신만이 둥실 공중에 떠 있었다.

"너…! 잘도 내 몸을…!"

검과 함께 베인 오른손의 절단면에서 촉수 같은 것 몇 줄기가 주룩 자라났다.

이 녀석…! 이 상황에서도 아직 살아서 움직이다니! 힘을 얻기 위해 꽤 강력한 마족과 억지로 동화한 모양이구나!

라바스는 뒤로 돌면서 오른손의 촉수를 가우리에게 휘둘렀다.

가우리의 검이 번뜩였다.

촉수를 베어낸 것처럼 보인 그 순간.

가우리의 검을 피해 촉수가 꿈틀거리더니….

파직 파직 파직 파지직!

촉수가 쏜 번갯불이 가우리의 전신을 강타했다!

"……!"

소리도 지르지 못하고 쓰러지는 가우리.

황급히 몸을 일으키려 했지만 방금 공격으로 몸이 마비되었는지 미약하게 꿈틀거리는 것으로 끝났다.

공격 주문으로 엄호를 하고 싶은 상황이었지만 나는 아직 주문을 다 외우지 못했다.

라바스는 가우리에게 시선을 돌렸다.

"다이나스트 브라스[覇王雷擊陣]!"

파직파직파직파직!

허공에 만들어진 번갯불이 라바스의 전신을 휘감은 건 그 순간이었다.

쏜 사람은 지금까지 침묵을 유지하던 와이저 아저씨!

"……?!"

라바스의 얼굴이 고통에 일그러지고 벌어진 입에선 소리 없는 절규가 튀어나왔다!

해치웠다!

어지간한 순마족조차 저세상으로 보내는 술법이다. 이것을 맞았으니….

"크아아아악!"

라바스가 외쳤다!

번갯불이 튕겨나갔다!

—말도 안 돼!

"성가시다!"

고오!

"크악!"

라바스의 왼손이 만들어낸 충격파에 가우리, 루크, 미리나, 와이저 아저씨가 튕겨 날아가더니 쌓여 있는 보물 속에 처박혔다.

"칫! 생각만큼 힘이…!"

자신의 왼손을 내려다보며 중얼거리는 라바스.

그리고.

—천천히.

그는 내 쪽을 돌아보았다.

나는 무심고 외우던 주문을 중단하고 그 자리에 멈춰 섰다.

외우고 있던 주문….

그것은 라바스가 튕겨낸 것과 같은 술법이었다.

이런 황당한 일이.

아무리 마족과의 빙의나 동화로 강화되었다고 해도 라바스의 이 질긴 생명력은 설명할 수 없다.

공격력 자체는 하급 순마족과 별 차이가 없다. 그러나 하급 순마족이라면 다이나스트 브라스 같은 걸 제대로 얻어맞으면 한 방에 소멸한다.

그럼에도….

"아…."

어떤 가능성을 깨닫고 나는 무심코 탄성을 질렀다.

그러고는 라바스를 노려보았다.

"그렇구나.

이제야 알았어.

어째서 네가 그렇게 질긴지…."

"호오…."

내 말에 라바스가 재미있다는 듯 눈을 가늘게 떴다.

"네가 걸치고 있는 옷이나 액세서리.

몽땅 다 마법의 도구지? 전부 방어나 회복 전용인."

생각해보면 그렇다.

이 정도의 마법 도구가 이곳에 쌓여 있는데 그것을 라바스가 하나도 이용하지 않는 게 오히려 이상하다.

이 녀석처럼 자신의 몸을 제일로 생각하는 자기중심적 인간(이제 인간도 아니지만)은 방어만은 끔찍하게 챙기기 마련이다.

"그런 셈이지. 이제야 알았느냐?"

내 말에 순순히 수긍하는 라바스.

블래스트 애시와 다이나스트 브라스의 번갯불조차 튕겨버린 건 라바스 자신의 마력이 아니라 몸에 걸치고 있는 갖가지 마법 방어구의 힘이었던 것이다.

"그래서…? 그걸 알았다고 뭐가 달라지는데?"

으….

그 말에 나는 할 말을 잃었다.

"그렇다고 특별히 달라질 건 없어. 동료들은 쓰러져 있고 움직일 수 있는 건 너 혼자뿐이야. 그래서 대체 어떻게 할 생각이지?"

확실히 그렇다고 상황이 달라지는 건 아니다.

드래곤 슬레이브 같은 걸 쓴다면 어떻게든 해치울 수는 있겠지만, 이런 곳에서 그런 걸 쓸 수는 없는 일.

이제 남은 수단은 다이나스트 브라스처럼, 마족에게도 통하는 주문을 중폭해서 걸어보는 정도.

가볍게 피해버릴 것 같다는 생각도 들지만….

어쨌거나! 지금은 해볼 수밖에 없다!

나는 주문을 외우기 시작했다.

"소용없다!"

그에 반응해서 라바스가 왼손으로 마력의 칼날을 뿜었다.

조준이 엉망이다. 가볍게 간파하고 옆으로 뛰어 피하는 나.

위력도 처음보다 많이 떨어졌다. 역시 몸이 두 동강 나고 마법 방어구로 보호받았다고 해도 주문 공격을 정통으로 얻어맞은 탓에 조금은 힘이 떨어진 모양이다.

라바스는 오른팔의 촉수를 내 쪽으로 뻗었다.

번갯불을 쏠 생각인가?

나는 발치에 떨어져 있던 검 한 자루를 칼집째 날아오는 촉수 쪽으로 걷어찼다.

동시에.

파직!

촉수에서 뻗어 나온 번갯불이 걷어찬 검에 빨려들었다!

계속해서 나는 발치에 있는 구체를 라바스에게 걷어찼다.

아이들 싸움을 방불케 하는 수준 낮은 공격이었지만 이것 외에 시간을 벌 수 있는 방법이 달리 없는 이상, 어쩔 수 없다. 그렇다고 몸 이곳저곳에서 촉수가 뻗어 나오는 녀석을 근거리에서 검으로 견제하기란 너무 위험하고.

"큭!"

과연 이런 공격에는 짜증이 났는지 내가 잇달아 걷어차는 물건들을 라바스는 촉수로 모조리 떨구어냈다.

"그만두지 못해!"

라바스는 왼손을 휘둘러서 광범위한 마력 충격파를 쏘았다.

위력은 낮지만 범위가 넓다. 몸을 피하는 건 무리. 그렇다면….

나는 크게 뒤로 도약했다.

바닥을 차는 것과 거의 동시에.

쿵!

충격이 왔다.

뒤로 뛰어서 위력을 죽였다고 해도 충격이 적진 않았지만… 간신히 버티고 널려 있는 보물들을 걷어찬 뒤 그대로 착지!

그리고 주문이 완성되었다.

"다이나스트 브라스!"

"보이드!"

두 개의 목소리가 거의 동시에 울려 퍼졌다.

부옇게 사라지는 라바스의 몸.

아아! 역시 피했다!

내가 쏜 번갯불은 무의미하게 허공을 불태웠을 뿐.

그리고 뒤에서 생겨나는 기척.

그러나 그렇게 나올 건 이미 예상했던 일.

옆으로 도약한 내 옆구리를 마력의 칼날이 스쳐 지나갔다.

돌아보고 뒤쪽으로 도약. 나는 다시 라바스와 대치했다.

젠장, 역시 이렇게 되는구나.

아마 내 주문이 완성되어 '힘 있는 말'을 내뱉은 순간, 공간을 이동한 것이리라.

아예 무차별적으로 공간을 이동한다면 주문을 외우면서 피해 다니다가 출현하자마자 주문을 날리는 방법도 쓸 수 있는데….

라바스 자신은 아는지 모르겠지만 녀석에게는 쪼잔한 성격답게 상대의 뒤쪽으로 이동하는 습관이 있다. 어떻게 그런 걸 이용할 수 있는 방법이 없을까?

의표를 찔러 내 뒤쪽 공간에 다이나스트 브라스 같은 걸 날릴 수는 없다. 분명 나까지 주문에 휩쓸리고 만다.

라바스가 사라진 후 다시 나타날 때까지 약간의 시간차를 이용해서 안 보이는 곳으로 이동하는 건 어떨까? 아니지. 라바스도 그에 대한 대비책 정도는 생각해두고 있을 테니….

아… 잠깐….

아니, 이 방법은 써볼 만해!

라바스에게서 간격을 벌리고 나는 주문을 외우기 시작했다.

사용히는 술법은… 라그나 블레이드[神滅斬].

허무를 검으로 만드는 술법으로 위력은 절대적. 드래곤 슬레이브를 버텨내는 마족조차 숭덩숭덩 베어내는 극악무도한 흑마법이다.

이것을 맞으면 아무리 마법 방어구로 몸을 지키고 있다 해도 한 방에 보낼 수 있다.

그러나 단점은 사정거리와 지속 시간이 너무 짧다는 것.

어쨌거나 결판을 내는 방법은 이것뿐이다!

"제길!"

주문을 외우기 시작한 나에게 잇달아 마력의 칼날을 쏘아대는 라바스. 아까와 같은 전개를 피하고 싶었는지 번갯불과 광범위 충격파는 쓰지 않는다.

일격을 맞을 때마다 방에 있는 마법 도구들이 박살 나면서 은색과 황금색 광채가 허공에 흩날렸다.

여러 번 충격파에서 몸을 피하자… 내 주문은 완성되었다!

"라그나 블레이드!"

"보이드!"

예상대로 내 '힘 있는 말'에 반응해서 라바스가 공간을 이동했다.

그때 이미 나는 어둠의 칼날을 양손에 만들어내고 움직이는 상태였다.

라바스가 출현했다.

내가 서 있던 장소의 바로 뒤쪽에.

출현과 동시에 앞으로 마력의 칼날을 쏘고 어깨와 등에서 뻗어 나온 촉수가 왼쪽, 오른쪽, 뒤쪽을 각각 찔러왔다.

그러나… 나는 그 어디에도 없었다.

"?!"

내 위치를 놓치자 라바스는 무심코 움직임을 멈추었다.

그 순간.

소리도 없이.

내 어둠의 칼날은 라바스를 좌우 두 쪽으로 베어냈다.

쿵. 쿠궁.

바닥에 떨어지는 소리는 두 번.

어둠의 칼날을 거두고 고개를 돌려 돌아보자 그곳에는 두 동강이 나서 쓰러져 있는 라바스의 상반신이 있었다.

내 눈앞에서 그 육체는 무너져서 하얀 모래로 변했다.

그것이 자신을 반인반마로 만든 미친 왕 라바스의 최후였다.

그 소멸을 지켜보며 나는 자리에서 일어섰다.

—아마 라바스는 몰랐을 것이다. 자신이 어떻게 죽었는지.

실은 매우 단순한 원리였다.

라바스가 공격을 이동시킨 그 순간.

나는 그저 양손을 위로 뻗고 그대로 누워버렸을 뿐이다.

그리고 누워 있는 내 위쪽에 라바스가 나타났다.

그는 눈치채지 못했다. 하반신을 잃은 것에 의해 자신의 아래쪽에 사각이 생겨났다는 것을.

그 뒤엔… 윗몸일으키기를 하는 요령으로 상체를 일으키면 끝이었다.

"겨우… 끝났구나."

"아직 조금 남았어…."

중얼거린 나의 말에 대답한 건 가우리의 목소리였다.

다들 쓰러져 있는 가운데 혼자 겨우 내 쪽으로 고개를 돌리고 중얼거렸다.

"내 치료를 좀… 부탁해…."

"일단 고맙다고 해둘게."

테이블 하나를 사이에 두고 루크가 조금 겸연쩍은 듯 그렇게 말한 건 성에서 싸움이 있었던 다음 날… 전원의 상처와 체력이 겨우 회복된 후의 일이었다.

다행히 그렇게 심각한 부상을 입은 사람은 없었다. 리커버리 정도의 간단한 회복주문과 푹 자는 것만으로도 충분.

뭐, 그 '푹 잔 것' 때문에 다들 잠에서 깨어 테이블에 둘러앉은 건 해가 이미 중천에 떠 있는 시각이었지만….

아침이라고도 점심이라고도 할 수 없는 식사를 들면서 갑자기 루크가 그렇게 말했던 것이다.

"고맙다고?"

빵을 입으로 가져가던 손을 멈추고 앵무새처럼 되묻는 나.

"응, 네가 녀석을 해치우지 않았다면 우리들도 당했을 테니까. 일단… 고맙다는 말 정도는 해두려고."

"에이, 우리 사이에 무슨…. 금화 천 개면 돼."

푸웃.

내 말이 농담이 아니라는 걸 눈치챘는지 루크의 옆에서 무표정한 얼굴로 입에 든 수프를 내뿜는 미리나.

"뭐, 농담은 그쯤 해두고."

"멋대로 농담으로 치부하지 마."

화제를 바꾸려는 루크에게 냉정하게 핀잔을 날리는 나.

"그러고 보니 이곳 영주는 어떻게 되지?"

"금화 천 개."

딴청을 피우며 억지로 화제를 바꾸려 하는 루크에게 맞서서 억지로 화제를 되돌리려는 나.

"역시 다른 영주가 임명되지 않을까?"

"그럼 999개."

루크의 뺨에 흐르는 땀 한 줄기.

좋아! 거의 다 넘어왔다!

"그나저나 그 검은 옷 녀석들은 여러 마을에 분포되어 있는 모양인데 그 녀석들은 두목이 죽은 것도 모르고서 계속 활동하고 있겠군."

"깎아서 900…."

"으아아아아이! 끈질기네, 정말!"

참지 못하고 먼저 소리를 지른 건 루크였다.

훗, 미숙하긴.

"애당초! 형식상으론 우리들이 너희들을 도운 게 되잖아!

그리고! 그 보물 방에서 이것저것 꽤 많이 챙겼고 말야.

그 검도 그렇고!"

라고 말하며 손에 들고 있던 포크로 가우리의 허리에 있는 검을
가리키며 말했다.

그랬다. 그것은 라바스의 마력의 칼날을 버텨내고 그를 위아래
로 동강 낸 그 검이었다.

대체 어떤 유래가 있는 검인지는 모르겠지만 꽤 수준이 높은 마
력검이라는 것만은 틀림없는 사실.

하지만… 내가 어딘가의 마을에서 산 정체불명의 숄더 가드도
그렇고, 이 정체불명의 검도 그렇고… 왠지 최근 정체 모를 소지
품이 늘어나는 것 같다는 생각이….

뭐, 그건 둘째치고.

"물론 그 방에 있던 물건들이 무슨 까닭인지 내 품속에 몇 개 들
어 있긴 해."

루크의 지적에 나는 선선히 고개를 끄덕였다.

"하지만 루크,

그건 그거고 이건 이거야. 인간의 욕심에는 끝이 없는 법이라고."

"너 말이야아아!

그렇게도 돈이 탐나면 지금 다시 성에 가서 그 방에서 원하는 대로 챙기면 되잖아!"

"오오! 그 방법이 있었네!"

"아무래도 좋지만⋯

너희들⋯, 특별 수사관 앞에서 범죄 이야기를 당당히 하지 말아 줬으면 좋겠군."

핫 샌드위치를 들고 옆에서 난처한 표정으로 핀잔을 날리는 와이저 아저씨.

"뭐, 여하튼 간에,

너희들은 이제부터 어떻게 할 거야?"

내 물음에 루크와 미리나는 한순간 얼굴을 마주 보았다.

"지금까지와 똑같아."

대답한 건 미리나였다.

"그래. 보물을 찾아 떠나는 나와 미리나의 사랑의 여행이 계속되는 거지!"

"사랑의 여행인지 아닌지는 별 문제지만⋯ 여하튼 그럴 생각이야."

"이봐, 이봐. '그럴 생각이야'가 아니야."

미리나의 말에 제동을 건 건 와이저 아저씨였다.

"아직 사후 처리가 남아 있잖아.

생각해봐. 사정을 모르는 사람이 보면 대행은 어젯밤 성에서 갑자기 사라진 게 돼.

이대로 내버려두면 제일 먼저 의심받을 사람은 너희들이라고."

"아…."

동시에 탄성을 지르는 우리들.

그러고 보니… 지하실의 입구를 찾을 때 우리들은 성 병사들에게 얼굴이 노출된 바 있다.

이름도 알려져 있을 터이고….

"일단 그 부분은 내가 어떻게 하겠지만…

여하튼 너희들은 이것저것 증언을 해줘야겠어.

일단 마법사 협회를 통해 이곳저곳에 연락해서…

상황 진술과 현장 검증

아마… 한 달은 걸리겠지.

뭐, 미안하게 생각은 하지만 기왕 한 배를 탄 김에 끝까지 책임지라고."

말하고 나서 씨익 짓궂은 미소를 지었다.

아우….

그리하여 우리들은 솔라리아 마을을 뒤로했다….

이 구절을 쓸 수 있는 건 아무래도 한참 뒤의 일이 될 것 같다.

— 11권에 계속 —

작가 후기

right작가 + L

작 : 또 또 또 나타났습니다, 신장판!

제10권, 솔라리아의 모략을 보내드렸습니다!

L : 이 솔라리아라는 타이틀을 정할 때 작가가 머무르던 호텔 이
름이 뭐라 그랬더라?

작 : 읍! 전에 어디선가 말한 적이 있는 것 같긴 하다만, 당시 이벤
트 장소였던 호텔로, 담당이 사전 발표 관계로 타이틀을 먼저
정해 달라 하는 바람에 곧이곧대로. 아, 그렇다고 '솔라리아의
모략 호텔'이라는 이름은 아니니까.

L : 그런 호텔이 어디 있어!

하지만 곧이곧대로 이름을 쓰는 건 좀 그런가, 보통 약간은 비
틀어서 쓰지 않나.

작 : 물론 네이밍을 할 때는 비틀기도 하지만.

비튼 결과, 전에 어디선가 나온 캐릭터 이름과 겹친다거나, 너
무 많이 비틀어서 영문을 알 수 없게 되는 경우도 있거든.

L : 맞다. 단편집에서 구미호 이야기를 조금 비틀었더니 바보 커
플 이야기가 완성되더라는 일도 있었지.

작 : 그것 말고도 단편에서는 가끔 건○ 패러디를 날릴 때가 있는
데.

한번은 '북송의 항아리'(주1) 에피소드를 꺼내려고 비틀다 보니
북송→폭스, 올빼미→여우와 부엉이 문장이 들어간 항아리
라는 식이 되어버린 경우도….

ㄴ : 그건… 아무도 못 알아챘을 것 같은데…?

작 : 응, 나도 그럴 것 같아서 힌트를 줄 겸 의뢰인이 "그것은 좋은
물건이다"라는 말을 하게 했거든….

그럼에도 불구하고 항아리 패러디를 알아차린 사람은 아무도
없었다는.

ㄴ : 그건 뭐랄까… 조금 더 솔직하게 써도 괜찮지 않았을까, 싶은
마음도 드는데.

작 : 음, 개인적으로 게임을 할 땐 알아차리기 쉬워야 한다는 걸 우
선시해서 캐릭터명을 대놓고 그대로 쓰기도 하지만.

지금이야 이 이름을 쓰진 않지만 데뷔 전에는 마술사 리나라
는 이름을 쓴 적도 있고.

몇 년 전 시뮬레이션RPG 일을 할 때는 캐릭터 클래스가 너무
많아서 네이밍이 고달파 결국 클래스에서 이름을 따오기도
했어. 남자 전사는 배틀러, 여전사는 파이터에서 뒤를 빼내 파
이, 라는 식으로.

그런데 여자니까 귀여운 이름을 붙여 주려고 이름 말미에 '린'
을 달다 보니 별 마법을 쓰는 캐릭터는 '스탈린'이 되어 버리

주1) 북송의 항아리: 퍼스트 건담에 등장하는 마 쿠베에 관한 에피소드. 마 쿠베는 북송 시대의 도자기를
두고 "그 도자기를 키시리아 님께 전해다오. 그것은 좋은 물건이다."라는 대사를 남긴다.

더라고.

L : 그건 아니지! 여자 아이다운 귀여운 이름이 아니잖아! 동료부터 척척 숙청할 것 같은 이름 아냐!

아예 그대로 갖다 쓴 건지 조금 비튼 건지 알 수가 없는 이름이고!

작 : 그에 비하면!

솔라리아가 호텔 이름이었다는 것은 아주 사소한 얘기!

L : ······뭐지··· 엄청나게 속고 있다는 걸 알고는 있는데, 방금 엄청난 예시를 듣고 난 후다 보니, 그 정도는 괜찮은 것 같은 기분이 들어···.

맞다. 이번 이야기 전후에 등장하는 쉐라의 이름도 완전···.

작 : 처음에는 별 생각 없이 붙인 이름이었는데.

그 후 어떤 팬 모임에서 이른 질의응답을 받았거든.

질문자 : '패왕휘하 4인의 이름은 혹시 다이, 나스트, 그라우, 쉐라인 건가요?

나 : 그거다아아아! 채용!

이렇게 된 거야.

L : 채용하지 말라고오오오오오!

패왕휘하의 그들이 불쌍해지잖아! 괴롭히는 거야? 꼴사납잖아!

작 : 훗! 걱정할 것 없어!

　　슬쩍 비틀어서 디, 노스트, 그루…

L : 조금 비튼다고 될 문제가 아니잖아!

　　…………헉!

　　설마 그럴 리야 없겠지만…

　　나도 실은 대충적당히 지은 이름인 거 아냐!?

작 : 그렇다면 개그 소재로는 꽤 재미있겠지만, 안타깝게도 그런
　　건 아니야.

L : 방금 안타깝다고 했어!

　　―그런데 여기서 질문.

　　내가 신장판 발매 기념 캠페인 겸 참극은 저지르지 말자면서
　　자숙하고 있다고 멋대로 착각해서 건방 떨고 있는 건 아니야?

작 : 엥!? 그거 캠페인이었어?

L : 응.

　　그럼 슬슬 캠페인 기간도 끝났으니.

　　다행히 지금 내 주머니에 노래방 개점 기념으로 어떤 언니가
　　역 앞에서 나눠준 작가파괴광선총이 있습니다.

작 : …아니…!? 잠깐! 그게 무슨 핀포인트에 딱 맞춘 무기…!

　　삐이이이이이이이이이이이이이임. 축.

L : 이리하여 작가는 원자 상태로 돌아갔습니다―

하지만 사람들의 마음에 어둠이 있는 한, 싸구려 네이밍, 그리고 반대로 어설픈 비틀기로 만들어진 기묘한 네이밍이 이 세상에서 사라질 일은 없다.

그러나 그런 이름이 붙여진 자에게는 보통 문제가 아니니, 여러분도 아이가 생겼을 때 이상한 이름을 붙여선 안 돼요♪

자, 인류의 미래에 경종을 울린 참이니.

그럼, 여러분 다음 권에서 만나요~.

후기 : 끝

※ 이 책은 이전에 발행되었던

　「슬레이어즈 10 솔라리아의 모략」을 가필수정한 것입니다.

슬레이어즈 10
솔라리아의 모략

1판 1쇄 인쇄	2020년 7월 8일
1판 1쇄 발행	2020년 7월 15일

지은이	Hajime Kanzaka
일러스트	Rui Araizumi
옮긴이	김영종

발행인	정욱
편집인	황민호
본부장	박정훈
마케팅	조안나 이유진 이수정
국제판권	이주은 김준혜

제작	심상운 최택순 성시원
발행처	대원씨아이㈜
주소	서울특별시 용산구 한강대로15길 9-12
전화	(02)2071-2018
팩스	(02)749-2105
등록	제3-563호
등록일자	1992년 5월 11일
ISBN	979-11-362-3779-8 04830

SLAYERS Vol.10: SORARIA NO BORYAKU

ⒸHajime Kanzaka, Rui Araizumi 2008

First published in Japan in 2008 by KADOKAWA CORPORATION, Tokyo.

Korean translation rights arranged with KADOKAWA CORPORATION, Tokyo.

누계 2천만 부,
역대 최고의 라이트노벨
전설이 된 그들이 돌아왔다

마룡왕 가브와 절망적인 싸움 와중에 마족 암약 사건의 흑막이 드러났다!
무대에 나타난 흑막의 이름은 헬마스터 피브리조!
가우리가 인질로 붙잡히자,
리나는 피브리조와 결코 원하지 않던 대결을 벌이게 된다.
하지만 마룡왕의 원한을 갚기 위해 리나의 목숨을 노리는
용장군 라샤트가 그들의 앞길을 가로막는다.
판타지 소설의 금자탑, 여기 등장!

HAJIME KANZAKA **칸자카 하지메** 일러스트 | 아라이즈미 루이 번역 | 김영종

슬레이어즈 ⑧

사령도시의 왕

누계 2천만 부,
역대 최고의 라이트노벨
전설이 된 그들이 돌아왔다

헬마스터의 음모를 겨우겨우 저지한 리나 일행.
이제 두 사람의 목적은 헬마스터와의 싸움에서
잃어버린 빛의 검을 대신할 물건을 찾는 일.
고생고생 끝에 드디어 붙잡은 실마리는
전설의 검이 베젤드에 있다는 이야기.
그런데 베젤드로 달려간 두 사람의 귀에 들어온 것은
원인을 알 수 없는 데몬의 대량 발생 소문?

HAJIME KANZAKA **칸자카 하지메** 일러스트 | 아라이즈미 루이 번역 | 김영종

슬레이어즈 ⑨
베젤드의 요검